Jakobus Richter

Begegnungen in der Nacht

Jakobus Richter

Begegnungen in der Nacht

Eine Beziehungsgeschichte für alle Fälle

GloryWorld-Medien

1. Auflage 2020

Bibelzitate sind, falls nicht anders gekennzeichnet, der Neuen Genfer Übersetzung entnommen.

Das Buch folgt den Regeln der Deutschen Rechtschreibreform. Die Bibelzitate wurden diesen Rechtschreibregeln angepasst.

Lektorat: Traudel Knoblauch und Manfred Mayer
Satz: Manfred Mayer
Umschlagmotiv und -gestaltung: Marc Benseler, Ludwigsburg, www.benseler-design.de
Printed in the EU

ISBN: 978-3-95578-375-4
Bestellnummer: 356375

Erhältlich beim Verlag:

GloryWorld-Medien
Beit-Sahour-Str. 4
D-46509 Xanten
Tel.: 02801-9854003
Fax: 02801-9854004
info@gloryworld.de
www.gloryworld.de

oder in jeder Buchhandlung

Für

Dietlind und Dieter Galonske,

meine treuen Wegbegleiter

Ich danke

Traudel Knoblauch
für ihre hilfreichen Korrekturen

und meiner Frau Annerose
für ihre Ermutigung, dieses Buch zu schreiben.

Vorwort

Verpackt in eine spannende Geschichte um eine Familie mit allerlei Problemen führt uns dieses Buch mit hoher Wahrscheinlichkeit an Punkte, wo wir selber Fragen an unser Leben haben, wo wir mit der Bewältigung mancher Herausforderung unseres Lebens ringen oder gar hadern und uns ebenfalls die Frage stellen: „Wie soll das nur weitergehen?“ Das Buch wirkt dadurch wie ein Spiegel für unsere eigene Lebensgeschichte. Aber genau dies ist ja die Intention von Jakobus Richter und stellt uns vor die Entscheidung: „Will ich mich darauf einlassen, oder nicht?“

Wenn sie das nicht wollen, dann nehmen sie jetzt einen schönen Bogen Geschenkpapier, wickeln das Buch sorgfältig darin ein und schenken es jemand, der es gerne lesen möchte, denn, es einfach ins Regal zu stellen, wäre viel zu schade. Dieses Buch sollte von jedem gelesen werden, denn jeder befindet sich in Beziehungen, und die gelingen gewöhnlich nicht immer von alleine und fordern uns täglich heraus.

Jakobus Richter, jahrzehntelang Seelsorger, Berater und geistlicher Leiter und für mich über viele Jahre ein guter Freund und Begleiter, bündelt in diesem Buch seine umfangreichen Erfahrungen aus unzähligen Beratungsgesprächen und fokussiert sie auf die Punkte, die Beziehungen misslingen oder gelingen lassen. Dabei stellt er diese „Beziehungskiller“, wie er sie nennt, so treffend und anschaulich dar, dass es dem Leser leicht gelingt, sie zu verstehen und letztlich für sich selbst zu adaptieren.

Durch die sehr lebendige Geschichte um Peter, seine Frau Claudia und ihre Familie wirkt dieses Buch schließlich trotz vieler hilfreicher Ratschläge gar nicht wie ein Lehrbuch oder Ratgeber, sondern wie ein Roman, dessen Überraschungen und Wendungen den Leser oder die Leserin bis zur letzten Seite fesseln – eine facettenreiche Erzählung, die auf eine Reise durch die Höhen und Tiefen einer ganz normalen Familie mitnimmt und immer wieder sichere Auswege aus den Krisen und Konflikten des täglichen Lebens aufzeigt.

Wer sich traut, bei der Lektüre auch seine eigenen Defizite anzuschauen, und sich darauf einlässt, erste Schritte zu tun, der wird erleben, dass gestörte Beziehungen wieder heilen werden. Ja, es ist nicht zu viel versprochen, wenn ich sogar behaupte: „Dieses Buch öffnet jedem die Tür zu glücklichen Beziehungen." Es bleiben also noch die beiden Fragen: „Will ich überhaupt glückliche Beziehungen? Und gehe ich dann durch diese Tür, oder mache ich sie wieder zu?"

Werner Gumprecht

Er saß in seinem SUV und fuhr los. Er hatte kein Ziel. Er wollte nur weg.

Die Landschaft entsprach seiner seelischen Verfassung: grauer Himmel, blattlose Bäume am Straßenrand und grauer Asphalt, der durch den leichten Regen matt glänzte, wenn ihm ein Auto mit Licht entgegenkam. Er hatte sich geschworen, nicht zurückzufahren. Der Streit, der ewige Streit um Nichts war ihm im Hals stecken geblieben. Könnte er weinen, würde er mit nassen Füßen im Auto sitzen, so viele Tränen würden den Fußraum überschwemmen. Aber er konnte nicht weinen. Das hatte er nie gelernt. Männer weinen nicht, darum fühlte er den Kloß in seinem Hals, der ihm die Luft zum Atmen nahm.

Die Ampelkreuzung vor ihm wäre eine gute Gelegenheit, diesem ganzen Elend ein Ende zu setzen, aber er wollte keine Unschuldigen in sein Dilemma verwickeln. Mit Vollgas auf einen der nahen Bäume zu steuern, dazu fehlte ihm der Mut. Der fehlte ihm immer schon, wenn er mit dem Gedanken spielte, seinem Leben ein Ende zu setzen. Also fuhr er und wusste nicht wohin.

Ja, sie hatten sich gestritten. Wieder einmal – und das lautstark, ohne ein Anzeichen von Versöhnung. Jeder hatte recht, jeder wusste es besser und jeder fühlte sich verletzt. Sie stand in der Küche und tat irgendetwas, um etwas zu tun. Nur dasitzen und heulen wollte sie nicht.

*****

Wie oft hatte sie schon daran gedacht, einfach Schluss zu machen. Die drei Kinder waren alle aus dem Haus und studierten. Warum müssen alle studieren? Es gibt doch auch andere Berufe, in denen man glücklich werden kann. Sie kennt ihre drei Jungen und weiß, dass sich Raphael sehr schwer mit dem Studieren tut. Eigentlich ist er ein Praktiker. Was er anfasst, wird zu einem wahren Schmuckstück.

Scheinbar gehört es zu unserer Familie, dass man studiert haben muss, um etwas zu sein. Peter wollte es unbedingt. Ich wehrte mich damals nicht. Heute ärgert es mich nicht nur, es tut mir auch furchtbar leid. Raphael könnte seine Begabung in einem praktischen Beruf viel besser einbringen. Warum haben wir nie darüber gesprochen? Manches läuft, entgleitet einem, und dann kann man es nicht mehr aufhalten. Raphael hätte Physiotherapeut werden sollen. Später hätte er sich fortbilden können und wäre ein guter Osteopath geworden.

Sie weinte still vor sich hin. Die Tränen fielen auf die Erde, aber das machte nichts. Weinen half ihr, die Spannung etwas zu lindern. Die Lösung lag woanders, nicht in den Tränen, aber sie wirken wie die Scheibenwischer beim Auto. Nachher sieht man klarer.

*****

Wir sind eine Familie, in der der Glaube eine gewisse Rolle spielt. Ich gehe mit meiner Frau in ihre Gemeinde, manchmal. Ob es einen Gott gibt oder Jesus weiß ich nicht. Es hat keine besondere Bedeutung für mich. Ich schätze aber die Werte, die durch den christlichen Glauben vertreten werden. Ehrlichkeit, Vergebung, Wertschätzung, Zuverlässigkeit und Treue. Ich frage mich, warum diese Werte in der Beziehung zu meiner Frau nicht greifen.

Die Fahrt durch die Nacht und der sich spiegelnde Regen machten die Fahrt nicht zum Vergnügen, aber ums Vergnügen ging es jetzt nicht.

Er dachte an den Anfang ihrer Ehe zurück. Alles war wunderbar gewesen. Sie hatten sich geliebt und gewusst, dass sie füreinander bestimmt waren. Dieses Wissen hatte sie durch manche Krise hindurchgetragen, und doch waren sie immer wieder an diesen Punkt gekommen, wo jeder von ihnen sich einsam und unverstanden fühlte. *Warum greifen die gelernten Systeme nicht, wenn man sich ineinander verhakt hat?* „Warum?“, schrie er in die Nacht hinein, und dann war es nicht die regenverschmierte Frontscheibe, die die Sicht wie hinter einem Schleier verbarg, sondern es waren seine Tränen.

Seine Gedanken überschlugen sich. Er dachte an Claudia, die jetzt sicher zu Hause saß und verzweifelt war, weil auch sie keinen Ausweg aus diesem Missverständnis fand.

Claudia versteht mich nicht. Ich empfinde im Streit mit ihr nur Vorwürfe, Erwartungen und Vermutungen. Wirklich hinhören, was in mir vorgeht, wie ich mit meinen Gefühlen zurechtkomme, das scheint sie nicht zu interessieren. Sie sieht nur sich selber und will, dass ich ihre Defizite auffülle. Aber womit? Ich habe nichts, was ich ihr geben kann. Nichts, gar nichts, nur mich selber, und das scheint ihr nicht genug zu sein. Was für ein beschissenes Leben. Man nennt es Ehe. Warum wurde ich nicht vor diesem Schritt gewarnt, vor dieser für mich nicht zu stemmenden Herausforderung? Ich kann nicht mehr.

Seit dreißig Jahren sind wir verheiratet. Es fing alles so schön, so verliebt an. Ich hatte schon damals eine gute Stelle, wo ich genug Geld verdient habe. Sie war in ihrem Arztberuf happy und ging darin völlig auf. Geldsorgen hatten wir nie. Freunde hatten wir, wenn auch nicht solche, auf die man wirklich zählen konnte. Aber sie waren da, und wir haben manche schöne Abende mit Freunden verbracht. An anderen Abenden waren wir ganz alleine mit uns selber. Musik, Kerzen und erfüllendes Sexleben. Das ging eine ganze Weile gut, und dann wurde Claudia schwanger.

Unser erster Sohn Johannes wurde geboren. Wir haben ihn so genannt, weil die Schwangerschaft mit ihm gnädig und sehr gut verlief. Später hat sich herausgestellt, dass Gottes Geschenke ganz schön anstrengend sein können. Aber wir liebten ihn und dann wurde Claudia wieder schwanger und gebar unseren Felix. Er war von Anfang an ein glückliches Kind und trug seinen Namen mit vollem Recht. Die beiden Brüder waren unser Stolz und sie entwickelten sich prächtig. Als Felix (der Glückliche) fünf wurde, wurde Claudia wieder schwanger. Diese Schwangerschaft war kompliziert und Claudia musste oft liegen. Die Wehen kamen viel zu früh, aber durch Gebet und ärztliche Hilfe konnte sie unseren dritten Sohn bis zum Ende austragen, und wir gaben ihm den Namen Raphael, Gott heilt. Wir wollten ihm damit etwas auf seinen Lebensweg mitgeben, an das er sich erinnern kann. Viel später mussten wir mit ihm durch viele gesundheitliche Täler gehen und machten dabei die

Erfahrung, dass Gott in sein Leben eingriff. Er heilte ihn von einer unheilbaren Krankheit.

*****

Es klingelte. Eigentlich hatte sie niemanden erwartet und Peter würde nicht klingeln, wenn er nach Hause käme. Claudia ging zur Tür. Eine fremde Frau stand auf der Schwelle.

„Entschuldigen Sie bitte die Störung, aber ich bin hier fremd und habe mich scheinbar verlaufen! Da ich mich hier in der Gegend nicht auskenne und bei Ihnen Licht sah, habe ich mir ein Herz gefasst und bei Ihnen geklingelt." „Wo wollen Sie denn hin?" „Eigentlich in meine Wohnung, nun vielleicht doch erst zu Ihnen, weil sie Tränen in den Augen haben, die mir sagen, dass sie jemanden zum Reden brauchen. Vielleicht darf ich hereinkommen, hier draußen ist es ungemütlich und etwas Wärme täte mir gut. Sie müssen sich nicht vor mir fürchten, ich bin vollkommen harmlos und friere."

Claudia wusste nicht so recht, was sie tun sollte. In letzter Zeit gab es so viele Trickbetrüger, aber wenn sie in die Augen dieser Frau schaute, dann sah sie keinen Betrug, nur ein Licht, und im Licht kann sich keine Dunkelheit verbergen. Sie bat sie, hereinzukommen. Sie würde aufpassen, und im Notfall könnte sie das Handy nehmen und ihre Freundin von nebenan anrufen. Diese wäre in wenigen Augenblicken da.

Die Frau vor der Tür hielt ihr die Hand hin und sagte: „Deborah, mein Name ist Deborah. Ich weiß nicht so recht, warum meine Eltern mir diesen Namen gegeben haben. Er bedeutet Biene. Vielleicht wollten sie, dass ich so fleißig wie eine Biene bin, die nach Honig sucht und nicht müde wird."

„Der Name würde besser zu mir passen", erwiderte Claudia. „Wenn man drei Jungs hat und einen Mann, ist man ständig auf Trab. Man muss organisieren, aufräumen, kochen, gute Laune haben und stets bereit sein, für alle Fragen eine schnelle Antwort zu haben. Dann darf man Taxi spielen und sich halbe Nächte um die Ohren schlagen und niemals zeigen, dass man auch für sich selber Zeiten braucht, in denen man einfach mal nichts tut. Aber warum erzähle ich ihnen das? Sie sind ja nicht gekommen, um sich meine Sorgen und Nöte anzuhören." „Warum nicht? Wenn ich schon mal hier bin, können wir miteinander über uns sprechen."

Die Situation nahm eine angenehme Wendung. „Soll ich uns eine Tasse Tee machen? Ziehen Sie doch Ihren Mantel aus. Ich gehe in die Küche und tue uns etwas Gutes."

Auf dem Weg in die Küche kamen ihr wieder Zweifel. Was mache ich hier? Während ich in der Küche bin, räumt sie unsere ganze Wohnung aus. Aber ihre Augen waren anders. Sie ist keine Diebin.

Als Claudia wieder in das Wohnzimmer kam, saß Deborah im Sessel und strahlte ihr entgegen.

*****

Peter fuhr jetzt durch ein langgezogenes Waldstück. Der Regen nahm zu, und die Sicht wurde nicht besser. Die Bäume links und rechts der Straße schienen den Regen zu mögen. Nach der langen Trockenheit der letzten Jahre brauchten sie dringend Wasser. Nun kam es literweise auf sie herunter. Plötzlich wurde ihm klar, dass Bäume nur wachsen können, wenn sie bleiben –, ob es trocken ist oder regnet, stürmt oder schneit, ob jemand an den Stamm pinkelt oder eine Kerbe hineinschnitzt. Solange ein Baum steht und seine Wurzeln in der Erde hat, hält er alles aus und wächst. Was für ein Bild für die Ehe.

Ein Reflex riss ihn aus seinen Gedanken und er machte eine Vollbremsung. Vor ihm stand ein Mann mitten auf der Straße und stoppte ihn. „Vollidiot!", schrie er gegen die Windschutzscheibe.

Als sein Wagen zum Stehen kam, klopfte der Mann an sein Fenster. „Könnten Sie mich ein Stück mitnehmen? Es ist kalt und nass hier draußen und ich könnte ein warmes Plätzchen gebrauchen."

Etwas leuchtete in seinen Augen. Es war etwas, das ihm das Gefühl gab, nicht Nein sagen zu dürfen. Er hatte Platz, und warm war es auch in seinem Wagen.

Obwohl der Schrecken noch tief in ihm saß und er eigentlich viel zu wütend über die Dreistigkeit des Mannes war, sagte er ganz ruhig: „Steigen Sie ein." Der Mann von der Straße nahm Platz, reichte Peter die Hand und stellte sich vor: „Tobias, ich wollte eigentlich nur ein wenig Luft schnappen und bin dann in diesen Dauerregen geraten." „Peter, ich fahre nur ein wenig durch die Gegend, um meine Gedanken zu ordnen. Aber was geht Sie das an ..." „Oh, ich kenne das", sagte Tobias. „Es gibt im Leben so viel Ungeklärtes und leider gibt es niemals eine einfache Lösung, weil unsere Probleme mit denen zusammenhängen, die wir schon als ungelöste Probleme mit uns herumtragen." „Wie meinen Sie das?"

*****

Claudia stellte den Tee ab und goss beiden eine Tasse ein. Sie liebte solche Gelegenheiten, in denen man gemütlich beieinandersaß und über Dinge sprach, die ins Herz gingen. „Wenn ich Sie so anschaue, sehe ich, dass Sie gerade ein Problem verarbeiten", sagte Deborah.

Claudia wusste nicht so recht, ob sie dieser fremden Frau etwas anvertrauen konnte. Aber was soll's. Da sie nun mal hier war und ein einladendes Lächeln hatte, erzählte sie ihr vom Streit mit ihrem Mann. Eigentlich war es kein richtiger Streit. Ja, sie hatten sich angeschrien, aber warum eigentlich? Jeder hatte recht und keiner wollte seine Position verlassen. Der Schmerz kam nicht durch unangebrachte Worte. Der Schmerz kam durch das Gefühl, nicht verstanden zu werden.

„Oh, das kenne ich. Wir verlieren uns in unseren Gefühlen und können nicht mehr richtig denken. Eine alte Sache, die wohl schon Generationen vor uns kannten. Wahrscheinlich ist die Lösung ganz einfach. Wir sollten lernen, einander zuzuhören und nicht die Konfrontation mit denen suchen, die anders denken als wir, auch wenn es der eigene Ehepartner ist."

„Ein interessanter Gedanke", sagte Claudia, „aber wie meinen Sie das?"

„Eine gemeinsame Schnittmenge finden, sollte unser Ziel sein. Bereit sein, die unangenehmen Fragen ernst zu nehmen und eine gemeinsame Lösung zu suchen. Sie kennen doch sicher den Spruch: ‚Auge um Auge, Zahn um Zahn.' Das ist jüdisch." „Ach", fragte Claudia, „sind Sie jüdisch?" „Nein, nicht direkt", entgegnete Deborah. „In gewisser Weise haben wir ja alle jüdische Wurzeln, wenn man von Adam und Eva her denkt! Aber das Leben ist weitergegangen, hat sich verzweigt und viele Religionen sind inzwischen entstanden. Sind Sie auch religiös?" „Ja, ich denke schon, wenn man als Christ religiös genannt werden kann!"

Deborah schaute Claudia verständnisvoll an und fuhr fort: „Ich spüre, dass wir uns auf die Lösung des Problems hinbewegen. Können Sie das auch sehen, dass Jesus auf die jüdische Aussage von ‚Auge um Auge' etwas Neues hinzufügt? ‚Wenn dich jemand auf die rechte Backe schlägt, dann halt ihm auch die linke hin.' Leider ist es so, dass wir in der Regel mehr zum Zurückschlagen tendieren. Die andere Meinung, die Andersartigkeit unseres Gegenübers fordert uns heraus. Wie schmerzlich erleben wir die Gefühle von Rechthaberei, Rache, Besserwisserei und haben dann Angst zu verlieren. Es bauen sich unüberwindliche Mauern zwischen uns auf. Kennen Sie das? Wir schlagen zurück. Wie viel einfacher wäre es, wenn wir in unserem Denken kooperativ wären. Wir würden lernen hinzuhören, würden die Meinung der anderen verstehen und würden dadurch leichter eine gemeinsame Schnittmenge finden, die die unterschiedlichen Meinungen und Ansichten verbinden.

Wenn es uns nicht gelingen sollte, eine gemeinsame Schnittmenge zu finden, bleibt unsere gegenseitige Wertschätzung immer noch ein heilsamer Boden. Um zu einem guten Ergebnis zu kommen, könnte ich vielleicht Folgendes sagen: ‚Ich finde deine Meinung interessant, kann sie aber im Augenblick nicht nachvollziehen. Lassen wir dieses Thema erst einmal ruhen und lass uns schauen, wo wir uns verstehen.' Dabei werde ich an eine Botschaft erinnert, die sehr weise und machbar ist: ‚Lasst nicht zu, dass euch etwas gegeneinander aufbringt, sondern begegnet allen mit der gleichen Liebe und richtet euch ganz auf das gemeinsame Ziel aus. Rechthaberei und Überheblichkeit dürfen keinen Platz bei euch haben. Vielmehr sollt ihr demütig genug sein, von euren Geschwistern höher zu denken als von euch selbst.' Auch wenn das eine echte Herausforderung ist, funktioniert es, wenn man es wagt, oder?

Wissen Sie Claudia, es braucht ein gemeinsames Ziel, mit dem wir unterwegs sind; nur so kommen wir gemeinsam an. Ich erlebe es, dass Rechthaberei und Überheblichkeit das Verständnis füreinander behindert. Ich glaube, dass Sie im Streit mit Ihrem Mann ein Problem mit der Rechthaberei haben – darf ich seinen Namen wissen?" „Ja, er heißt Peter." „Oh, da haben Sie aber jemanden an Ihrer Seite, der Ihnen Halt und Festigkeit geben kann. Peter bedeutet Fels. Ist Ihnen das bewusst?" „Ja, da kann ich ein Lied davon singen. Manchmal scheint er mir so unverrückbar in seiner Meinung. Er ist mit Sicherheit kein Kalkfelsen, eher einer aus Granit!!"

Deborah musste lachen. „Ich verstehe Sie gut. Vielleicht muss er lernen, dass er ein Fels für Ihre gemeinsame Sache ist und nicht nur für sich selber." „Ich wünschte, Sie könnten ihm das sagen, aber er ist abgehauen, und ich mache mir wieder Sorgen um ihn. Er geht nicht an sein Handy und lässt mich in dieser nagenden Ungewissheit zurück." „Machen Sie sich keine Sorgen. Er wird jemanden finden, mit dem er reden kann. Wenn alles geklärt ist, kommt er sicher zurück. Aber lassen Sie uns noch einmal über die Hindernisse sprechen. Um sie abbauen zu können, braucht es die Fähigkeit, den eigenen Maßstab, die eigenen Vorstellungen und Einsichten nicht zum Maßstab für sein Gegenüber zu machen. So sieht ein kooperativer Weg aus, der nach vorne weist. Es bleibt eine Herausforderung, nicht zu konfrontieren, weil man die eigenen Gefühle so schlecht unter Kontrolle hat."

*****

Tobias hatte es sich inzwischen auf dem Sitz mit der Sitzheizung bequem gemacht. Langsam löste sich die ungewisse Spannung zwischen ihnen und eine Atmosphäre der Vertraulichkeit machte sich breit.

„Ja, die ungelösten Probleme sind unsere eigentlichen Probleme“, dachte Tobias laut. „Es ist interessant zu beobachten, dass es in unseren Beziehungen oft darum geht, wie man selber bestehen kann. Auf der einen Seite ist es wichtig, einen klaren Standpunkt zu haben, mit dem man Kompromisse eingehen kann. Das dürfte dir bei deinem Namen ja nicht schwerfallen. Ein Fels ist ein gutes Fundament. Nicht nur im Bauwesen! Auf der anderen Seite kommen wir aber nicht weiter, wenn jeder nur daran denkt, wie er allein überleben kann. Wir brauchen in Kirche, Gesellschaft und Beziehungen ein neues Denken, und das heißt Kooperation. Es ist viel spannender, beim Gegenüber herauszufinden, in welchen Bereichen des Lebens oder einer Organisation ich kooperieren kann. Abgrenzung geschieht meistens aus Angst, und Angst ist in diesem Fall unser schlechtester Berater. Wir brauchen einander. Keiner hat alles alleine. Wir brauchen die Ergänzung und die Freiheit, unseren Teil zum Ganzen dazuzugeben. Wer das im Blick hat, wird es leicht haben, seinen Teil für die Zukunftsgestaltung in der Gemeinde, in der Gesellschaft und in jeder Beziehung beizutragen. In der Abgrenzung liegt die Gefahr der Vereinsamung. Indem wir miteinander kooperieren, schließt sich der Kreis der gegenseitigen Hilfe und der Weg zum gemeinsamen Ziel wird breiter. Kannst du das für deine Ehe auch so sehen?“

Sie fuhren inzwischen aus dem Wald heraus und das Wetter änderte sich. Die Wolken hatten sich verzogen und ein heller Mond leuchtete auf ihrem Weg.

„Siehst du“, sagte Tobias, „der Mond hat kein eigenes Licht. Er gibt nur das weiter, was er selber empfängt. Wir sind viel zu sehr mit dem beschäftigt, was wir selber haben, produzieren und wissen. Dabei gibt es so viel, das wir nur zulassen müssen, wie der Mond das Licht zulässt. Er leuchtet so wunderbar und tut doch nichts, gar nichts selber hinzu. Aber sag mir, warum bist du weggefahren? Was war dein Antrieb?“

Peter hörte intensiv zu und hätte fast das Reh übersehen, das seinen Weg kreuzte. Erneut legte er eine Vollbremsung hin. „Oh Schreck“, rief Tobias, „das hätte ins Auge gehen können. Wieso hast du gebremst?“ „Wieso ich gebremst habe? Ich wollte die

Kollision mit dem Wild vermeiden!“ „Siehst du, in diesem Augenblick hast du instinktiv richtig gehandelt. Dein Überlebenswille hat voll auf die Bremse getreten. Dein Ziel war nicht der Tod; es ist dein Leben, an dem du hängst. Die Lösung für das Problem mit dem Reh war: ‚Ich will leben!‘ Könnte das nicht auch ein Thema für eure Ehebeziehung sein?“ „Wie meinst du das, Tobias? Das hört sich interessant an.“

Sie fuhren weiter und schwiegen für eine ganze Weile. „Ich glaube“, fuhr Tobias schließlich fort, „wir müssen viel mehr lösungsorientiert leben. Es gibt drei Dinge, die jede Lösung verhindern wollen.“

Peter konzentrierte sich auf die Straße. Was war das für ein Typ, der da neben ihm saß und lauter Dinge von sich gab, die genau in sein Leben passten? Wer war er, warum wusste er so viel über das, was in ihm schlummerte und zum Vorschein kam, wenn er es am wenigsten gebrauchen konnte?

*****

Claudia und Deborah hatten inzwischen ein sehr vertrautes Miteinander entwickelt. Plötzlich war jemand in Claudias Leben getreten, der so viel verstand und ihr doch keine Vorwürfe machte. Wie oft hatte Claudia erlebt, dass nach einem Gespräch mit ihren Freundinnen letztlich immer ein Vorwurf mitschwang, warum sie bei ihrem Mann, der doch so sympathisch, intelligent und liebenswürdig sei, nicht nachgäbe. Geholfen hatte ihr das nie. Sie suchte Verständnis für ihre Situation. Sie brauchte nicht noch mehr Schuldgefühle, wusste sie doch, dass sie nicht alles richtig machte. Aber wer macht schon alles richtig?

Deborah hatte recht. Es sind immer wieder diese starken Gefühle, die einen von jemandem abhalten oder zu jemandem hinziehen. Aber was passiert, wenn man sich streitet? Welche Systeme werden da aktiviert, vor denen man sich kaum schützen kann?

„Was denken Sie, Deborah, ist unser schlimmster Feind in einem Konflikt?“ Deborah musste wieder Lachen. „Ich kenne nicht nur einen Feind. Ich sehe immer Legionen auf mich zukommen.

Sie vertreiben und sich davor schützen kann man nur mit Wissen über sie. Aber auch wenn man weiß, wie sie heißen, lassen sie sich nicht so leicht vertreiben. Es braucht Mut und den festen Willen das gemeinsame Ziel einer glücklichen Beziehung zu erreichen."

„Ja, ein gemeinsames Ziel. Wir haben nie darüber gesprochen. Wir haben gelebt und gehandelt, wie es die Situationen gerade verlangt haben. Aber ein gemeinsames Ziel zu formulieren, dazu kamen wir nicht. Nicht, weil wir es nicht wollten, es fiel uns einfach nicht ein. Ich könnte es auch jetzt nicht sofort sagen, wie ich mir dieses Ziel vorstelle."

„Schade", sagte Deborah. „Vielleicht können wir uns ja darüber unterhalten, wie so ein gemeinsames Ziel aussehen könnte."

„Okay, fangen wir an. Vielleicht hilft es mir auch, meine eigenen Abwege von diesem Ziel zu erkennen."

„Als Sie geheiratet haben, haben Sie sich doch sicher ein Trauversprechen gegeben." „Ja, das war ein sehr emotionaler Augenblick. Warten Sie, ich habe es in meinem Tagebuch." Als Claudia mit ihrem Tagebuch zurückkam, las sie Deborah das Trauversprechen vor: „Liebe Claudia, im Vertrauen, dass Gott mit uns geht, komme ich mit dir auf den Weg, als dein Mann. Ich sage ja zu dir in guten Zeiten und auch in Zeiten, wo der Weg steil ist und uns die Hoffnung fehlt. Wenn du traurig bist, werde ich dich trösten. Wenn dir Unrecht widerfährt, werde ich für dich da sein und dich stützen. Ich will mit dir die Ehe nach Gottes Gebot und Verheißung führen. Ich will dich lieben, achten und ehren und dir stets die Treue halten, bis dass der Tod uns scheidet."

„Und, haben Sie die gleichen Worte zu Ihrem Peter gesagt?" „Ja, natürlich, und wir hatten beiden Tränen in den Augen. Es war gut, dass wir es ablesen durften, wir wären sonst durch die starken Emotionen ins Stocken geraten."

„Sehen Sie, das ist doch ein wunderbares, gemeinsames Ziel: ‚Ich will dich lieben und dir die Treue halte, bis dass der Tod uns scheidet!'"

„Das will ich ja auch, aber es entgleitet mir so oft!" „Das ist ganz natürlich, aber schauen Sie es einmal von einer ganz anderen Perspektive an. Kommen Sie, lassen Sie uns an das Fenster treten. Der Regen hat sich gelegt und der Mond scheint jetzt ganz hell. Sehen Sie den großen Stern über dem Mond? Das ist der Jupiter. Er hat keine eigene Leuchtkraft. Er ist ganz weit entfernt und man würde ihn nicht sehen, wenn er nicht leuchten würde. Er wird von einer Sonne angestrahlt und gibt sein Licht weiter. Nur das macht ihn für uns sichtbar. Das Licht ist immer da, auch wenn er mit dem Mond und allen anderen Gestirnen seine Runden dreht. Er kann es nicht ablegen, kann nichts dagegen tun; er kann es sich nur gefallen lassen.

Etwa so ist das auch mit Ihrem gegenseitigen Versprechen. Es ist da, zeigt seine Wirkung, auch in den Momenten, wo Sie Ihren Mann lieber auf den Mond schießen würden. Aber Sie werden es nicht los. Es gehört zu ihnen und verliert nie seine Leuchtkraft. Das beste Beispiel dafür ist der heutige Abend. Sie würden nicht weinen, wenn dieses Versprechen nicht da wäre, obschon Sie bis eben gar nicht daran gedacht hatten. Vielleicht haben Sie in den letzten dreißig Ehejahren nicht daran gedacht, und trotzdem hat es Sie beide aneinandergehalten. Solche Versprechen haben eine Leuchtkraft, die bis zum Tod ihre Kraft nicht verlieren."

„So habe ich das noch nie gesehen. Aber es gibt doch sicher auch Situationen, die das Licht dieses Versprechens verblassen lassen. Wir sind doch nicht wie der Jupiter oder vielleicht auch nicht wie der Mond, der gerade so hell in unser Fenster scheint."

„Ja, gewiss, wir sind weder Mond noch Jupiter, aber wir kennen den Schatten, der sich über das Licht legt, das sind die drei zerstörerischen Beziehungskiller."

„Das hört sich ja schrecklich an, aber ich bin bereit, davon zu hören!"

*****

Tobias zeigte wieder auf den hellen Mond. „Hast du schon einmal eine Sonnenfinsternis erlebt? Früher, als die Menschen noch nicht wussten, wie das geht, haben sie sich sehr gefürchtet. Auch heute ist das noch ähnlich wie damals. Wenn plötzlich die Dunkelheit hereinbricht, obschon nicht die Zeit dafür ist, dann bekommen wir ein unangenehmes Gefühl. Wir helfen uns mit der Logik, und damit überwinden wir die Angst. Im Grunde ist es in einem Konflikt auch nicht anders. Gerade war noch alles hell, und plötzlich, wie mit unsichtbarer Hand, schiebt sich ein Schatten über unsere Situation und wir wissen nicht mehr weiter. Darum brauchen wir die Logik. Was passiert gerade jetzt? Die Unwissenden streiten weiter und erleben das vollkommene Desaster. Der Wissende hält inne und weiß: Jetzt muss ich handeln.

Warum bist du weggefahren? Bist du vielleicht einem dieser elendigen Beziehungskiller auf den Leim gegangen?"

„Davon habe ich noch nie gehört. Wer sind diese Beziehungskiller?"

„Es gibt sicher mehrere, vielleicht Legionen davon, aber drei sind ganz besonders hartnäckig und haben schon Millionen Ehen in den Abgrund gestoßen. Am Fuße dieses Abgrundes kam die Trennung. Der Schatten hatte das Licht nicht mehr freigegeben. Vielleicht kam dein Impuls, wegzufahren, von einem dieser Beziehungskiller?"

Eine Imbissbude lockte die beiden zum Halten. „Lass uns ein Bier trinken", sagte Peter. „Darf ich dich einladen?", schlug Tobias vor. „Gerne", schmunzelte Peter. „Wenn du schon umsonst mit mir fährst und dir den Hintern an meiner Sitzheizung wärmst."

Sie stiegen aus. Es war eine ungewöhnliche Imbissbude, die mitten in der Nacht bei Mondschein geöffnet hatte. Stehtische luden zu einem schnellen Imbiss ein.

„Möchtest du etwas essen?" „Was gibt es denn?" „Hamburger", sagte der Wirt. „Wir haben nur Hamburger und ein kühles Bier dazu!" „Okay, das nehmen wir."

Als der Imbisswirt ihnen die Hamburger brachte, sagte er: „So ein Hamburger ist doch ein gelungenes Sinnbild für unser Leben. Alles drin, alles übereinander, und wenn du reinbeißt, musst du runterschlucken, was drin ist, ob es dir schmeckt oder nicht. Manchmal läuft die Soße auch an dir runter, und dann siehst du ganz bekleckert aus." Dabei schaute er Peter an, und

Peter musste schon wieder schmunzeln. *Was für eine Nacht! Welchen Menschen begegne ich hier?*

Als die beiden genüsslich ihr Bier tranken, fragte Tobias Peter nach seinen Söhnen. „Sie studieren alle drei. Johannes ist mit seinem Medizinstudium schon ziemlich weit. Es ist genau das Richtige für ihn. Er tritt nicht nur mit seinem Beruf in die Fußstapfen seiner Mutter, sondern ist ihr auch in anderen Dingen sehr ähnlich. Sie sind beide sehr beständige Typen und nehmen alles ganz genau. Felix will Schauspieler werden. Er ist immer gut drauf, und wir haben den Eindruck, dass er in seinem Beruf glücklich ist. Studieren tut er an der Schauspielschule Wien. Vielleicht wird er einmal berühmt, aber ich glaube nicht, dass das seine eigentliche Intention ist. Er ist begabt und lebt seine Begabung. Die Leute sagen, dass er ganz nach mir kommt. Vielleicht, aber ich suche noch den Glücklichen in mir."

„Du darfst deine augenblickliche Situation nicht verallgemeinern. Wenn ich dich anschaue, deinen tollen Wagen sehe und wie du gekleidet bist, machst du mir keinen unglücklichen Eindruck. Du bist jetzt nur sauer, weil du nicht recht weißt, was gerade mit dir los ist. Weißt du nicht, dass fast alle berühmten Clowns eine depressive Seite haben? Was ist mit dem dritten eurer Jungs?"

„Raphael sollte eigentlich nicht studieren. Claudia wollte es unbedingt. Ich hatte mich damals nicht gewehrt. Heute ärgert es mich nicht nur, sondern tut mir auch furchtbar leid. Er könnte seine Begabung in einem praktischen Beruf viel besser einbringen." „Habt ihr jemals darüber gesprochen?" „Nein, es hätte keinen Zweck gehabt!" „Warum nicht? Hättet ihr miteinander gesprochen, euch wäre vielleicht eine Lösung eingefallen, die gut für Raphael gewesen wäre." „Keine Ahnung. Es ist einfach passiert und da Raphael bereit war zu studieren, haben wir ihn gelassen." „Wozu hat er sich entschieden?" „Soziale Arbeit. Ich glaube, dass das alle studieren, die nicht recht wissen, wie sie ihr soziales Engagement umsetzen können. Sicher gibt es auch andere, und ich will denen nicht unrecht tun, die es aus Leidenschaft und genauen Überlegungen tun. Raphael wäre sicher ein guter Physiotherapeut. Er hat goldene Hände."

Tobias musste schmunzeln. Ein typischer Fall von Fehleinschätzung in einer Ehe.

„Peter, was ist der eigentliche Grund, dass du weggefahren bist? Wovor bist du weggelaufen? Man kann doch über Probleme reden, sie anschauen, und wenn einer sieht, dass er einen Fehler gemacht hat, dann kann er es sagen und es tut sich eine Tür zur Versöhnung auf. Könnte es sein, dass dich dein Selbstmitleid überrollt hat?“ „Darüber habe ich noch nie nachgedacht. Was verstehst du unter Selbstmitleid? Ich habe doch kein Leid, das mich hindert, irgendetwas zu tun, was ich mir vornehme. Ich bin ein erfolgreicher Geschäftsmann mit weltweiten Verbindungen. Mir gelingt das meiste, was ich anfange, und auch körperlich bin ich gesund, fit und gut trainiert. Ich glaube nicht, das ich einen Grund habe, mein nicht vorhandenes Leid zu pflegen.“

„Dann verstehe ich deinen Aufbruch nicht. Da scheint ja etwas gewesen zu sein, das dich völlig überfordert hat.“ „Bist du verheiratet Tobias? Weißt du wie Frauen sind? Da ist jede noch so schwere mathematische Formel leichter zu lösen, als eine Frau zu verstehen!“

Tobias musste lachen. „Prost! Lass dir dein Bier schmecken. Du wirst eine Frau nur verstehen, wenn du dich selbst verstehst, und eine Frau wird ihren Mann nur verstehen, wenn sie sich selbst versteht. Und weil das nicht immer so ist, erscheint uns das augenblickliche Leid, das sich tief in unsere Gefühlswelt verkeilt, unüberwindbar zu sein und wird zu einem dieser drei Beziehungskiller. Das ist der Ursprung von Selbstmitleid. Willst du mehr darüber erfahren? Dann sollten wir uns hier noch etwas Zeit nehmen.“

*****

Claudia und Deborah aßen noch ein paar der wunderbaren Kekse, die Claudias Schwiegermutter für sie gebacken hatte und die sie – beide, die Schwiegermutter und die Kekse – sehr liebte.

„Erzählen Sie mir etwas von Ihrer Schwiegermutter, wenn Sie möchten.“ „Das Besondere an ihr war, dass sie sich von Anfang an nicht in unserer Ehe eingemischt hat. Manchmal bin ich zu ihr gegangen und habe versucht, ihr mein Leid über ihren Sohn zu klagen. Dann hat sie mich angeschaut, gelacht und gesagt: „Du hast ihn gewollt, und einen Menschen bekommt man nie netto. Brutto musst du ihn nehmen, und da werden im Laufe der Jahre all die Ecken und Kanten sichtbar, die man in der Zeit des Verliebtseins nicht sieht. Gott sei Dank ist das so, sonst gäbe es wohl keine Ehen. Glücklich werden wir nicht, wenn wir denken, dass es keine Probleme geben darf. Glücklich werden wir, wenn wir lernen, miteinander die anfallenden Probleme zu lösen. Zieht euch niemals beleidigt zurück. Redet miteinander und werdet glücklich!"

„Was für eine weise Frau! Hat sie tatsächlich ‚beleidigt' gesagt? Das ist einer der ekelhaftesten Beziehungskiller. Erinnern Sie sich noch daran, dass wir eben über den Schatten sprachen, der sich über das Licht legt? Einer davon heißt Beleidigtsein."

„Jetzt wird es richtig spannend. Erzählen Sie mir davon. Ich will es wissen und natürlich auch, wie ich den Schatten verscheuchen kann."

„Okay, schauen wir es einmal ganz locker an: Die meisten Menschen kennen dieses Gefühl. Wenn sie darauf angesprochen werden, werden sie es verneinen, beleidigt zu sein. Sie wollen sich nicht bloßstellen und sich eingestehen müssen, dass Beleidigtsein eine charakterliche Schwäche ist."

„Ich glaube, ich kenne das auch in Ansätzen. Vielleicht war dieses Gefühl heute Abend da, als wir uns gestritten hatten. Wir hatten keine Lösung gefunden. Jeder ist abgehauen. Peter ins Auto und ich in die Tränen."

Deborah dachte weiter laut nach. „Ich habe mich immer gefragt, warum es Menschen gibt, die sofort beleidigt sind, wenn sie auf eine ganz bestimmte Weise angesprochen werden. Es scheint eine Strategie des Rückzuges zu sein. Weil scheinbar keine Lösung in Sicht ist, ziehen sie sich zurück, um sich dem Konflikt nicht stellen zu müssen. In anderen Situationen treten sie den Rückzug an, weil sie in Situationen gebracht werden, in denen sie nicht das bekommen, was sie haben wollen. Was passiert da?

Ich glaube, dass Beleidigtsein ein schmerzlicher Zustand ist, der aus einer scheinbaren oder realen Kränkung entsteht. Es ist wie eine Kapitulation. Man hat Angst vor dem Angriff auf ein Gefühl, mit dem man glaubt, nicht umgehen zu können. Dabei scheint es so, als wolle der Angreifer sein Gegenüber gar nicht kränken oder verletzen."

„Oh, das kenne ich", meinte Claudia. „Manchmal fühle ich mich getroffen und verschanze mich hinter einer imaginären Mauer. Ich brauche einen Schutz, den mein Angreifer nicht durchdringen kann."

„Und können Sie sagen, was dann passiert?" „Ja, natürlich! Ich lasse den Angreifer, der meistens mein Mann ist, meinen Seelenschmerz spüren, indem ich mich ins Schweigen oder in die Einsilbigkeit zurückziehe. Das beginnt in der Regel ganz harmlos, aber mit jedem weiteren Augenblick, wo mein Mann auf mich einredet, wird die Mauer dicker, der Abgrund tiefer und die innere Einsamkeit unerträglich. Wenn es soweit ist, bin ich unfähig zu handeln."

„Ganz genauso ist es", sagte Deborah. „In solchen Situationen entwickeln wir eigentümliche Fähigkeiten. Wir reden nicht mehr und machen deutlich, dass wir verletzt sind."

„Ich kenne das", sagte Claudia. „Die Sprachlosigkeit wird unerträglich und der emotionale und auch physische Abstand zu meinem Mann wird von Minute zu Minute größer!"

„In diesem seelischen Loch", sagte Deborah, „verschwinden wir tatsächlich hinter einer imaginären Mauer und erwarten von dem anderen, der vor der Mauer steht, das Problem zu lösen. Das kann er aber nicht, weil der, der sich hinter die Mauer verzogen hat, das Problem lösen muss. Aber anstatt das Problem zu lösen, entwickelt er Gedanken von Selbstvorwürfen und Anklage. Das Gefühl von Unfähigkeit nimmt zu, und das Gefühl, ungerecht behandelt worden zu sein, führt zur inneren Lähmung und wird unerträglich."

„Genauso ist es", erwiderte Claudia, „und dann kommen Gedanken der Rache. Aber das Schlimmste ist, dass man sich gänzlich unfähig fühlt, die Rache auszuführen. Jetzt verstehe ich sehr gut, was Sie mit Beleidigtsein meinen. Leider kenne ich das, mir war nur nicht bewusst, was da in mir vorgeht. Aber was kann man da machen? Haben Sie eine Lösung, wie ich den Schatten wegschieben kann?“

„Eine Möglichkeit, sich vor diesem Schatten zu schützen, ist der Wille, diese imaginäre Mauer einzureißen oder besser erst gar nicht zu suchen. Nur hinter dieser Mauer kann ich mein Gefühl und empfundenes Leid pflegen und darüber trauern, dass mich keiner in meinem Schmerz wahrnimmt. Man kann davon ausgehen, dass Beleidigtsein eine tiefe emotionale Störung ist, die sich in vielen Variationen zeigt.

Wie haben Sie zum Beispiel reagiert, wenn ihre Jungs auf ein Geländer steigen wollten, das sie vor dem Abgrund schützen sollte?“ „Ich habe Ihnen nicht erlaubt, daraufzusteigen.“ „Und was hat Ihr Mann gemacht, wenn er dabei war?“ „Er hat es zugelassen und die Jungen festgehalten!“

„Sehen Sie, man muss eine Entscheidung treffen. Entweder verhindern oder in sicherer Begleitung sein! Vermeiden Sie, hinter die imaginäre Mauer zu verschwinden! Dann brauchen Sie auch keine Rachegedanken entwickeln, die Sie doch nicht ausführen können. Suchen Sie einen Weg, wie Sie die Situation verändern können!

Das geht am besten, wenn Sie ihrem Mann sagen, dass er Sie verletzt hat und Sie gerade nicht wissen, wie Sie damit umgehen können! Am besten lernt man es, wenn man sich zu einer lösungsorientierten Strategie entscheidet: ‚So nicht, aber so kann es gehen!‘ Es ist immer gut, wenn man sieht, dass sich ein Missverständnis entwickelt hat! Es anzusprechen, gibt schon viel Luft in die Enge der Auseinandersetzung.“

„Das hört sich gut an, aber kann man das wirklich leben? Und funktioniert das auch, wenn man es braucht?“

„Sie sind doch Ärztin, oder?“ „Ja, das bin ich, aber woher wissen Sie das?“ „An Ihrer Türklingel steht Dr. Claudia Riegel. Ich musste lachen als ich das las. Die Bedeutung von Claudia ist ‚verschlossen‘. Dann heiraten Sie einen Herrn Riegel. Oder ist das Ihr Mädchenname?“ „Nein, Sie haben recht, ich habe einen Riegel geheiratet.“ „Gehen Sie manchmal in die Kirche?“ „Ja, natürlich. Der Glaube an Jesus bedeutet mir sehr viel.“

„Das ist gut. Sehen Sie, Jesus war nie beleidigt. Er hat in allen Angriffen einen fairen Ausweg gesucht und gefunden. Manchmal tat es seinen Angreifern auch weh, aber damit muss man rechnen, wenn man angreift. Jetzt aber noch einmal zurück zu Ihrem ärztlichen Beruf. Wie lange haben Sie geübt, um mit so einem Ultraschallgerät etwas zu sehen?“ „Oh, da sprechen Sie ein extrem kompliziertes Gerät an. Es hat Monate gedauert, bis ich mit einigermaßen Sicherheit sagen konnte, was ich sehe.“

„Sehen Sie, alles muss man üben. Irgendwann klappt es dann wie von selbst. Bleiben Sie dran. Da haben Sie in ihrem Glauben an Jesus doch eine lebenslange Herausforderung. Hat er nicht zu seinen Jüngern gesagt: ‚Bleibt in mir, und ich werde in euch bleiben. Wenn jemand in mir bleibt und ich in ihm bleibe, trägt er reiche Frucht; ohne mich könnt ihr nichts tun.‘?[1] Das muss doch auch geübt werden, oder? Denken Sie immer daran?“

„Natürlich nicht, aber ich sehe jetzt, wie ich es schaffen kann, das schattenhafte Beleidigtsein aus meinem Leben zu verbannen. Es hört sich ermutigend an, was Sie da sagen.“

„Ich glaube, wir alle brauchen Ermutigung und auch Vorbilder. Sie haben in Jesus sicher ein gutes Vorbild, an dem Sie sich orientieren können. Orientieren Sie sich an ihm, dann werden Sie selber zum Vorbild. Werden Sie zu einem Vorbild eines erfolgreichen und beziehungsfähigen Lebens!“

„Danke, Deborah! Darf ich Ihnen noch eine Tasse Tee einschenken?“

*****

Der Imbisswirt kam zu beiden heraus und sagte: „Es ist jetzt Zeit für mich, Schluss zu machen. Es wird nicht mehr lange dauern, und der Mond wird hinter dem Horizont verschwinden. Dann ist es hier dunkel und man kann die eigene Hand nicht mehr vor den Augen sehen.“ „Dann brechen wir auf. Schade, ich hätte gerne noch etwas über Selbstmitleid gehört.“

Der Wirt, der das hörte, sagte: „Das ist doch ganz einfach. Wie der Mond hinter dem Horizont verschwindet und dabei das

---

[1] Johannes 15,4.5b.

Licht verblasst, so ist das auch mit dem Selbstmitleid. Gerade war es noch hell, und dann trifft dich etwas, du steigst in den Gully, machst den Deckel zu und alles wird dunkel. Ich wünsche den Herren noch eine gute Weiterfahrt."

Verwundert blickte Peter zu Tobias, der daraufhin ergänzte: „Ganz unrecht hat er nicht. Vielleicht kennt er Selbstmitleid aus eigener Erfahrung und weiß, wie es sich im Gully anfühlt. Komm, lass uns gehen, wir können ja beim Fahren noch etwas miteinander reden."

Sie stiegen in den SUV ein und Peter startete den Motor. „Das ist schon interessant. Man setzt sich in ein Auto, drückt auf den Starter und erwartet, dass alles funktioniert. Alle vier Zylinder laufen gleichmäßig. So müsste es auch im Leben sein. Mein Gefühl ist aber, dass der Lebensmotor oft nur auf zwei oder drei ‚Töpfen' läuft. Du bewegst dich zwar noch, aber die Leistung bleibt aus. Und weil du keine Ahnung von dem Lebensmotor hast, dümpelst du leise vor dich hin und wartest darauf, dass irgendjemand kommt und dein Problem löst. Und weißt du, Tobias, irgendwann gewöhnt man sich einmal daran, dass es so ist, wie es ist, und irgendwann denkt man, dass es normal ist, und man stellt zufrieden fest, dass es anderen wahrscheinlich auch so geht."

„Weißt du noch, was du mir von deinem Felix erzählt hast? Er ist dir sehr ähnlich, aber du vermisst die glückliche Seite in dir. Hier hast du vielleicht einen Weg, der dich aus der Niedergeschlagenheit in die Freude, ins Glücklichsein zurückbringt. Steig aus dem Gully aus und beweg dich im Licht!"

„Ich sitze doch nicht im Gully. Ich sitze in meinem Wagen und neben mir sitzt so ein komischer Typ, der mich auf der einen Seite in Frage stellt, der mir aber auch so vertraut ist, als würde ich ihn schon mein Leben lang kennen."

„Als du von zu Hause weggefahren bist, da bist du eigentlich gar nicht weggefahren. Du bist in den Gully gestiegen und hast dabei eigentümliche Gefühle gepflegt."

„Wie meinst du das nun wieder?"

„Schauen wir es uns doch einmal genau an, was da passiert ist. Claudia hat dir nicht recht gegeben, und anstatt hinzuhören, warst du verletzt und hast dich zurückgezogen, du Feigling!"

„Danke, das habe ich jetzt gebraucht. Hast du davon noch mehr auf Lager?“

Tobias musste lachen. „Du hast die Wahl. Du könntest jetzt anhalten und mich hier mitten in der Nacht absetzen und dann allein weiterfahren. Oder du hältst es aus, und ich sage dir, was passiert ist, als du von Claudia weggefahren bist.“

„Natürlich will ich das wissen. Leg los.“

„Als du dich in dein Auto gesetzt hast, hast du nur den Motor gestartet und nicht die Überwinderkraft in deinem Leben. Das ging auch nicht, weil du dich in diesem Moment als der ärmste Mensch der Welt gefühlt hast.“

„Ja, das stimmt. Ich habe mich so was von beschissen gefühlt, dass ich der Verzweiflung nahe war. Nein, ich glaube, ich war wirklich verzweifelt. Ich sah nur mich selber und hatte das Gefühl, ich sei allein auf der Welt und das ärmste Schwein, dem so viel Ungerechtigkeit zugefügt wurde. Ich fühle mich tatsächlich wie jemand, der in einem Gully steckt. Der Deckel über mir ist zugefallen. Ich sitze im Loch und habe den Eindruck, dass es keiner sieht, wie schlecht es mir geht. Dabei sind sie doch schuld, Claudia ist schuld, alle sind schuld und trampeln auf mir herum.“

„Anstatt eine Lösung zu finden, hast du dich ganz schön in der ‚Unterwelt‘ deiner eigenen Seele eingenistet. Das Schlimme dabei ist, dass es von alleine nicht besser wird. Je länger du dich diesem Gefühl hingibst, desto weniger siehst du einen Ausweg aus der Misere.

Die Menschen um dich herum machst du zu deinen Feinden. Du hast das Gefühl, unfähig zu sein; es wird stärker und dein Leid nimmt zu, weil du überzeugt bist, dass dich niemand versteht.“

„Ich glaube, du kennst mich besser, als ich mich je gekannt habe.“

„Mag sein, aber ich denke eigentlich nur laut nach. Du bist mir sympathisch, weil du ehrlich bist. Kennst du Martin Buber?“

„Ja, er war Jude und Religionsphilosoph. Ich habe einmal seine Psalmenübersetzung gelesen. Sehr beeindruckend. Aber warum fragst du mich gerade jetzt nach ihm?“

„Du hast ja nun genug davon gehört, wie man in den imaginären Gully klettern kann. Viel interessanter aber ist, wie man da wieder herauskommt, weil man doch den Eindruck hat, dass man es aus eigener Kraft nicht schafft. Die Motorleistung des Lebens hat enorm nachgelassen und man dümpelt am Boden der Gefühlsunterwelt nur noch so dahin. Eine Möglichkeit, aus dem Loch wieder herauszukommen, erzählt ein Gedicht oder ein Gebet von Martin Buber. Diese Worte bewirken eine innere Veränderung in dir, weil sich in diesem Text deine Blickrichtung verändert. Wenn du den Mut und vielleicht auch die Demut hast, kannst du es laut rezitieren. Wenn du es wagst, siehst du das Licht:

Wo ich gehe – du!
Wo ich stehe – du!
Nur du, wieder du, immer du!
Du, du, du!
Ergeht's mir gut – du!
Wenn's weh mir tut – du!
Nur du, wieder du, immer du!
Du, du, du!
Himmel – du, Erde – du,
Oben – du, unten – du,
Wohin ich mich wende, an jedem Ende
Nur du, wieder du, immer du!
Du, du, du!“

„Ich spüre etwas in mir – eine gewisse Veränderung. Was sagen diese Worte, warum haben sie so eine sonderbare Wirkung?“

„Zuerst einmal verschleiert Selbstmitleid den Blick nach außen! Das ist das eigentliche Problem. Du bist sozusagen in dir selber gefangen und schwelgst in deinem Schmerz, den du nicht haben müsstest. Solange du dich als Opfer fühlst und deine Situation bedauerst, bleibst du im Gefängnis deiner selbst. Plötzlich kommt dein Ärger wieder hoch und du findest niemanden, mit dem du über deinen Ärger sprechen kannst, weil dein innerer Ankläger dir den Ausgang aus dem Gully, in dem du es dir inzwischen gemütlich gemacht hast, versperrt. Hinzu kommt der

Ärger über das Gefühl, dass du immer der Schuldige bist. Das wiederum lässt dich kraftlos werden; du fühlst dich noch mehr abgelehnt, und damit ist es nur noch ein kleiner Schritt zur Resignation. Die Worte von Buber nehmen dich an die Hand und führen dich zurück ins Licht. Die Kraft liegt im Wegschauen vom eigenen Dilemma und im Ergreifen der Hand, die sich dir entgegenstreckt. Nur so findest du den Weg zurück ins Leben."

„So habe ich das noch nie gesehen. Kannst du noch mehr darüber sagen?"

„Es gibt natürlich viele Gründe und Situationen, wie man ins Selbstmitleid abrutschen kann. Das System scheint aber immer das gleiche zu sein. Vielleicht hast du schon einmal etwas vom Propheten Jona gehört? Er sollte den Untergang von Ninive verkündigen."

„Ja, natürlich. Das war doch der, der ziemlich sauer war, weil Gott barmherzig war und die Stadt verschonte, nachdem ihre Bewohner Buße getan hatten."

„Genau, das war er. Wenn man sich aber seine Geschichte anschaut und sie mit deiner vergleicht, dann sieht man, wie sich das Selbstmitleid in verschiedenen Situationen immer vom gleichen Prinzip her aufbaut. Zuerst Flucht, dann der Schmerz und das Gefühl ‚Mit mir nicht!'. Aber wenn du an dich denkst und an Jona, mit wem dann, wenn nicht mit dem, den es angeht? Jona landete im Bauch eines großen Fisches. Ehrlich gesagt, kann man sich das gar nicht so recht vorstellen. Aber lassen wir es mal so, wie es erzählt wird. *Dein* Fisch ist dein SUV. Der ist ja auch groß genug, um darin eine Weile zu überleben. Selbstmitleid hat eine Dynamik, die nach unten zieht, weg von der Oberfläche. Dann kommen die absurdesten Gedanken: Keiner kann mir helfen ... Keiner sieht mich ... Das geht ja auch nicht, wenn man sich versteckt. Wenn ich nicht mehr da bin, interessiert das niemanden.

Es ist ein schreckliches Gefühl, das vom Selbstmitleid produziert wird. Du fühlst dich als Opfer, obwohl du beides bist, Opfer und Täter. Die Hoffnungslosigkeit macht sich breit, und das letzte bisschen Licht scheint gänzlich zu verlöschen! Was jetzt geschieht, ist wirklich interessant. Du fängst an, über dich nachzudenken, findest aber keinen Ausgang aus dir selber. Das nennt man Grübeln, weil es von Grube kommt, in der du dich befindest. Wie ‚grübeln' wohl heißen würde, wenn es von SUV käme? Vielleicht ‚surfen'?

Peter musste lachen, obschon er spürte, wie ihn das alles anging. „Dann bin ich gerade am Surfen. Habe aber scheinbar einen guten Wind, der mich in die richtige Richtung treibt."

„Ja, Wind ist etwas Geheimnisvolles. Man sieht ihn nicht, spürt ihn aber und sieht seine Auswirkungen. Als ich in dein Auto stieg, habe ich gesehen, dass deine Gedanken am Kreisen waren. Das ist der Grund, warum viele aus dem Selbstmitleid so schlecht herauskommen. Solange die Gedanken kreisen, finden sie keinen Ausweg. Hast du schon einmal etwas von den afroamerikanischen Mathematikerinnen Katherine Johnson, Dorothy Vaughan und Mary Jackson gehört? Sie arbeiteten in den 1950er- und 1960er-Jahren bei der NASA. Diesen drei brillanten Frauen ist es zu verdanken, dass John Glenns Erdumrundung in einem Raumschiff im Jahr 1962 erfolgreich und sicher verlief. Katherine G. Johnson fand die Formel, die zum Wiedereintritt in die Erdatmosphäre gebraucht wurde. Ohne diese Formel wäre eine Rückkehr zur Erde nicht möglich gewesen. Die Formel für den Wiedereintritt in das Licht eines im Dunkeln sitzenden ‚Selbstmitleiders' ist das ehrliche Erkennen der eigenen Situation. Bei Jona war das so:

‚Die Wasser gingen mir bis an die Seele, die Tiefe umschloss mich, Meertang umschlang mein Haupt an den Gründen der Berge. Ich war hinab gefahren in die Erde, ihre Riegel schlossen sich hinter mir auf ewig; da zogst du mein Leben empor aus der Grube, o Herr, mein Gott!'[2] Bei dir, Peter war es der Augenblick, als ich in dein Auto steigen durfte. Seither unterhalten wir uns, und es scheint so, als käme langsam Licht in deine Dunkelheit."

„Das kann ich nicht verleugnen. Noch aber sehe ich nicht, wie ich das alles hinter mich bringen kann."

„Um dein Problem mit Claudia zu lösen, musst du dich nur der Realität stellen. In der Dunkelheit sieht man auch den kleinsten Lichtstrahl, und der hat einen Namen: ‚Ich war's!' Sicher bist du nicht an allem schuld, aber wenn du deinen Anteil

---

[2] Jona 2,6-7.

an eurem Missverständnis sehen kannst, kommst du aus dem Gully raus. Im Licht kannst du wahrnehmen, was wirklich geschehen ist. Wenn du das in Worte fasst, was du in dir an Gefühlen, Verletzungen und Irritationen hast, wirst du die Befreiung spüren."

„Das ist aber eine große Aufgabe. Damit müsste ich ja zugeben, dass nicht nur Claudia die Böse ist. Damit würde ja mein ganzes System des Ärgers und der Verzweiflung einstürzen."

„Richtig, aber das willst du ja auch. Ich bin in deinen SUV eingestiegen, weil du jemanden zum Reden gebraucht hast. Welch glücklicher Zufall, dass ich dort gerade pudelnass stand und froh war, dass mich jemand mitnahm."

„Das kann ich jetzt auch so sehen, und es hat mir gutgetan, dass wir an der Imbissbude gehalten haben." „Du sagst es; es ist immer gut, wenn man aus dem Loch kommen will, um sich zu bewegen. Das liegt daran, dass unser Wohlbefinden in einer Harmonie von Geist, Seele und Leib entsteht. Es darf sich nicht nur die Seele oder der Geist bewegen. Alle drei zusammen machen das Glück aus. Wenn du dich der Wahrheit nicht verschließt, wirst du immer einen Ausgang aus deiner inneren Höhle finden!"

*****

Langsam wurde es Morgen. Es machte sich zwar eine gewisse Müdigkeit breit, aber das Gespräch mit Deborah war so erfrischend und wohltuend, dass Claudia gar nicht daran dachte, ins Bett zu gehen. Gute Situationen muss man genießen und auskosten. Claudia füllte die Teetasse von Deborah erneut. Deborah wollte etwas sagen, als es an der Tür klingelte. „Nanu, das ist aber komisch", sagte Claudia. Es ist noch viel zu früh, um Besuch zu erwarten. Dass Deborah kam, war schon seltsam genug, aber jetzt noch einmal ein Gast?

Es klingelte wieder. Die beiden Frauen blickten sich an und Deborah ermutigte Claudia: „Kommen Sie, wir gehen gemeinsam zur Tür." Angesichts der Tageszeit war es Claudia auch wiederum nicht unrecht, dass sie Verstärkung hatte. Man weiß ja nie, was einem alles begegnen würde. Ganz kurz schoss es ihr durch den Kopf: „Hoffentlich nicht doch ein Komplize von Deborah!“ Da sie aber ein so tiefes und verständnisvolles Gespräch hatten, schob sie den Gedanken gleich wieder zur Seite. Es klingelte wieder, dieses Mal etwas länger. „Also gehen wir“, sagte Claudia und war innerlich auf alles gefasst, nur auf das nicht, was dann passierte.

*****

Felix machte seine Sache gut. Er war glücklich in seinem Studium und auch ein bisschen erfolgreich. Sein Hang zum anderen Geschlecht war seinem Alter gemäß angebracht, und so verliebte er sich immer wieder in die schönsten Frauen Wiens. Die Romanzen hielten aber nie sehr lange. Er wusste nicht wirklich warum, vielleicht lag es ja an seinem vollen Terminkalender. Die Herausforderungen an der Schauspielschule waren groß. Man musste gut sein, richtig gut sein, um weiterzukommen. Er übte fleißig die Fähigkeit, die Kunst in sich zu lieben und nicht sich in der Kunst. Das war einer der Grundgedanken von Konstantin Sergejewitsch Stanislawski, von dem die Schauspielschule inspiriert ist.

Die Rollenarbeit liebte er ganz besonders. Oft fühlte er die Figur in sich, die er spielen musste. Manche Kommilitonen hatten es schwerer als er, die eigene Person zu vergessen und in eine gegebene Rolle zu schlüpfen.

Auch das Szenische Spiel liebte er. Es fiel ihm leicht, die Texte auswendig zu lernen, und wenn er sie mal drin hatte, konnte er mit dem Text umgehen, als wäre es sein eigener. Die Grundlagen zur Theater- und Filmregie waren nicht so sehr seine Fächer. Vielleicht später einmal, aber jetzt wollte er nur auf der Bühne stehen und darstellen, was die Rolle hergab. Sein Dozent für die Rollengestaltung und Szenisches Spiel war ein Genie. Er war ein echter Wiener mit Wiener Charme. Natürlich hatte er auch in Wien studiert: Soziologie und Geschichte. Er selbst spielte am Schubertttheater in Wien. Was ihn aber am meisten an seinem Dozenten begeisterte, war seine Mitgliedschaft im

Improvisationstheater. Hier zeigte er aus dem Stegreif sein hervorragendes Können. Das kann man nur, wenn man emphatisch ist.

An einem wunderbaren Sommertag saß er mit zwei seiner Kommilitonen der Schauspielschule im Café. Das bunte Treiben, die unfreundlichen Kellner, die hohen Räume und unzähligen Tische gaben eine Atmosphäre, die man nur in Wien erleben kann. Sie unterhielten sich, lachten und genossen alles, wirklich alles. Dann sah er sie plötzlich. Fünfzehn Meter von ihm entfernt: die schönste Frau Wiens. Sein Herz klopfte schneller als beim Vorspielen auf der Bühne. Plötzlich schien alles anders zu werden. Er sah nichts mehr um sich herum, nur noch diese eine Frau dort hinten am Fenster. Sein Blick wurde starr, und dann schaute sie zu ihm herüber. Wie von einer unsichtbaren Hand zog es ihn an ihren Tisch. Sie war allein, aber vielleicht wartete sie auf jemanden. Eine Frau wie diese kann nicht allein sein.

Er ging zu ihr hinüber und war hinüber. Seine Knie zitterten, aber er konnte nicht anders. Seine Hormone spielten verrückt, und dann stand er an ihrem Tisch. „Ist bei Ihnen noch ein Platz für mich?“ Die Frau lächelte und sagte: „Wenn es ihnen nichts ausmacht, dass ich gleich gehe, dann nehmen Sie doch Platz!“ „Oh, wegen mir müssen sie nicht gehen, ich habe gerne Gesellschaft.“ „Nein, nein, nicht wegen Ihnen. Ich hatte nur ein wenig Zeit und habe gleich einen Termin. Bezahlt habe ich schon, aber nett, sie kennengelernt zu haben.“ In Gedanken sagte Felix: „Hat sie doch gar nicht, noch nicht!“ Die junge Frau, das engelhafte Wesen, stand auf und war schon fast gegangen, als Felix ebenfalls aufstand und fragte: „Ich bin hier in Wien an der Schauspielschule, darf ich Sie wiedersehen?“

„Warum nicht? Ich bin fast jeden Nachmittag hier und trinke einen Kaffee mit Schlagobers. Wenn ich den getrunken habe, gehe ich wieder. Vielleicht sehen wir uns hier wieder.“ Sie lächelte ihm zu und schwebte davon. Felix war wie benommen. Hatte er sie wirklich gefragt, ob er sie wiedersehen darf, und sie hatte ja gesagt?

In der folgenden Nacht konnte er nicht schlafen. Er war verliebt, und dieses Mal so, dass er an nichts anderes mehr denken konnte. Am nächsten Tag traf er sie wieder und auch am übernächsten Tag. Nach einem Jahr waren sie so vertraut miteinander, dass sie unzertrennlich schienen. Sein Studium lief gut und jede freie Minute verbrachte er mit Elisabeth. Er konnte sich kein anderes Leben mehr denken und plante schon, wie sie zusammenziehen, heiraten und ihr Leben miteinander gestalten konnten. Dann kam der Schlag, von dem er sich nicht erholen sollte. Sie trafen sich wieder im Café und Elisabeth teilte ihm mit, dass sie nächste Woche nach Italien reisen werde, um dort ihren italienischen Freund zu heiraten.

Alles brach in Felix zusammen. Er hatte nichts bemerkt, nichts geahnt und kam sich vor wie ein Staubkorn, das planlos durch die Lüfte fliegt. Der Boden unter seinen Füßen war nicht mehr fest genug, um ihn zu halten. Als Elisabeth aufstand und ging, sah er sie durch einen Schleier seiner Tränen und war nicht imstande, auch nur ein Wort zu sagen. Was sollte er jetzt machen? Das Leben war nicht mehr lebenswert. Alle Hoffnung war verloren. Das Ganze kam ihm wie ein Theaterstück vor, bei dem am Ende der Liebhaber Gift schluckt, aber die Geliebte sich nicht mit der Waffe des Geliebten umbringt.

Es war schon Abend, als Felix seine Wohnung betrat. Er hatte keinen Antrieb mehr und verpasste seine Seminare. Es war ihm alles egal. Seine Körperhaltung glich einem schlaffen Sack, und sein Lieblingsort, sein Bett, wurde zu seinem Grab.

Nach vier Wochen klopfte es an die Tür. Da er nicht ‚herein' sagte, öffnete sich die Tür alleine und sein Dozent für Rollengestaltung trat ins Zimmer. Er zog sich einen Stuhl ans Bett von Felix und schaute ihn an. So saß er dort eine ganze Weile, und dann fragte er ihn: „Kann ich etwas für Sie tun?" Pause – keine Antwort. „Ich glaube, das Gefühl der Verlassenheit von einem über alles geliebten Menschen ist nicht zu übertreffen." Keine Regung. „Ich wünschte, ich könnte Ihr Herz berühren und ihm Trost zusprechen." Keine Bewegung. Dann beugte sich sein Dozent liebevoll zu ihm hinunter und strich ihm wie eine tröstende Mutter über den Kopf. Nach ein paar Sekunden fing Felix an zu weinen. Er weinte so herzzerreißend, dass dem Dozenten auch Tränen in die Augen stiegen. Ein guter Schauspieler muss emphatisch sein. Das kann man kaum üben. Es muss von innen kommen.

Der Dozent wartete, und dann flüsterte er: „Felix, Ihr Name bedeutet ‚der Glückliche'. Ich weiß, dass Sie das jetzt nicht spüren. Das ist auch okay In diesem Augenblick haben Sie keine Hoffnung. Sie haben dem Leben den Rücken zugekehrt. Ihre Seele ist in ein tiefes Loch gerutscht, und ich bin hier, um Ihnen zu helfen, Ihre Traurigkeit zu überwinden. Das Loch, in dem Sie gerade sitzen, heißt Depression. In diesem Zustand wollen Sie keinen Menschen sehen, und darum ziehen Sie sich die Bettdecke über den Kopf.

Ich sehe, Sie haben resigniert. Ich spüre die Lähmung in Ihren Gefühlen, die Sie augenblicklich unfähig machten, irgendetwas zu tun. Ich weiß, dass ich Ihnen Ihr geliebtes Mädchen nicht ersetzen kann. Ich kann eigentlich gar nichts tun, außer Ihnen meine Freundschaft anbieten und die Bereitschaft, mit Ihnen zu reden, sobald Sie sich ein wenig besser fühlen. Egal wann das ist, tagsüber oder mitten in der Nacht. Kommen Sie oder rufen Sie mich an, ich bin immer für Sie da."

Danach strich er Felix noch einmal über den Kopf, erhob sich und zog sich leise zurück.

Am nächsten Tag kam einer seiner Kommilitonen zu ihm in die Wohnung, die nie abgeschlossen war. Der Freund rüttelte ihn wach und stellte ihm ein perfektes Frühstück auf die Bettdecke. „Komm, Felix, iss. Du musst was essen. Lass dich nicht hängen. Egal, was passiert, das Leben geht weiter. Ich habe auch schon eine zerbrochene Liebe hinter mir und wollte nicht mehr leben. Diese Erfahrung hat aber genau das Gegenteil bei mir bewirkt. Die Tiefe des Leides hat mir einen wesentlichen Teil meiner Oberflächlichkeit genommen. Wir alle sehen deinen Schmerz und fühlen mit dir. Wir können dich nicht zwingen oder dir gute Ratschläge geben, aber wir wollen, dass du wieder einer von uns bist. Ich lass dir das Frühstück hier auf deinem Bett stehen. Pass auf, dass du den Kaffee nicht verschüttest, er ist heiß und mit Liebe für dich gebrüht." Dann stand Hubertus auf und verließ den Raum.

Langsam, ganz vorsichtig, drehte Felix sich um und erblickte das perfekte Tischchen auf seinem Bett mit den Füßen rechts und links. So lag das Tablett nicht direkt auf seiner Decke, und er hatte genug Platz, sich umzudrehen. Er rutschte ganz nach hinten an die Wand und zog sein Frühstück in erreichbare Nähe. Ihm kamen erneut Tränen in die Augen, die Liebe seiner Mitstudenten überwältigte ihn. Dann aß er, und das erste Mal seit ein paar Wochen schmeckte es ihm wieder. Und dann kam sie wieder, die eine, alles durchdringende Frage: „Warum hat sie mir das angetan? Warum hat sie mir nie etwas gesagt? Wie kann ein Mensch mit einem anderen Menschen so unfair umgehen?“ Fragen, die er eigentlich Elisabeth hätte stellen wollen, aber die war jetzt in Italien und wahrscheinlich schon verheiratet. Wer weiß, wie lange das gut geht. „War sie nur zu mir so unfair oder ist sie es grundsätzlich?“ Es klopfte erneut an der Tür. Diesmal entfuhr ihm unwillkürlich ein „Herein“. Sein Dozent stand in der Tür und lächelte zu ihm herüber. „Guten Morgen, Felix. Ich freue mich, Sie zu sehen und dass Sie ein so fantastisches Frühstück vor sich haben. Ich will nicht lange bleiben, wollte nur nach Ihnen schauen und mein Angebot zum Gespräch erneuern. Ich wünsche Ihnen einen guten Tag und freue mich, bis wir uns in der Hochschule wiedersehen.“ Er winkte Felix noch einmal zu, und dann war er weg.

Am späten Nachmittag hatte Felix endlich die Kraft, aus dem Bett zu steigen und unter die Dusche zu gehen. Vielleicht sollte er seinen Eltern mitteilen, dass Elisabeth ihn von einem Augenblick auf den anderen verlassen hatte. Noch aber war die Wunde zu schmerzhaft, und er wusste nicht, wie es ihm ginge, wenn er darüber sprechen würde. Sie kannten Elisabeth inzwischen auch, hatten sie einmal gesehen, als Felix sie mit nach Hause gebracht hatte. Auch sie waren von ihr begeistert. Nur seine Mutter war etwas zögerlich, Elisabeth frei zu begegnen. „Aber so ist das bei Müttern“, dachte sich Felix. „Mütter scheinen es immer schwerer mit einer Schwiegertochter zu haben als die Väter.“ Sein Vater und seine Mutter sahen, wie verliebt sie waren und hatten sich für Felix gefreut, dass er endlich eine Frau fürs Leben gefunden hatte. Sie mussten sich noch daran gewöhnen, aber sie freuten sich für beide. Felix nannte Elisabeth manchmal liebevoll Sissi. Ihm war dabei nicht bewusst, dass die österreichische Königin aus ihrer Ehe mit König Franz-Josef ausgebrochen war und ihr Eigenleben lebte und später einen Geliebten hatte, von dem man auch Sissis jüngste Tochter vermutete. Aber nun war sie fort, und Felix kämpfte schwer mit seiner Verlassenheit und der daraus folgenden Resignation.

Felix machte einen Spaziergang durch Wien. Als er in die Nähe des Caféhauses kam, liefen ihm Tränen über das Gesicht. Sein Gang wurde schwer, als er das Fenster sah, an dem er Elisabeth zum ersten Mal begegnet war. Inzwischen war es Abend geworden, und wie von Geisterhand geführt schlug er den Weg zu seinem Dozenten ein. An der Eingangstür zum Privathaus seines Lehrers zögerte er, aber dann drückte er auf den Klingelknopf und wartete. Fast wäre er wieder davongerannt, aber in diesem Augenblick öffnete sich die Tür, und die Frau des Dozenten bat ihn hinein. Sie hatte ein angenehmes Wesen und wusste gleich, dass Felix zu ihrem Mann wollte.

„Kommen Sie herein, Felix, wir freuen uns, dass Sie gekommen sind.“ Sie führte ihn in das weitläufige Wohnzimmer und bot ihm einen dicken Sessel an, in dem er fast versank. „Ich sage meinem Mann Bescheid. Er wird sicher gleich kommen. Darf ich Ihnen etwas zu trinken anbieten? Einen Kaffee oder Tee oder vielleicht auch ein Glas Wein oder Wasser? Felix musste schmunzeln, ob der vielen Angebote. „Vielleicht nehme ich ein Glas Wein, dann fällt es mir bestimmt leichter, mit ihrem Mann zu sprechen.“

„Ach, machen Sie sich keine Sorgen. Wir alle wissen, wie schwer das Leben einem manchmal mitspielt. Wissen Sie, wir sind auch schon durch viele tiefe Täler gegangen, und am Ende haben wir immer gestaunt, wie geläutert, gestärkt und glücklich wir danach waren. Glauben Sie mir, je dunkler die Zeiten sind, die wir durchschreiten, desto heller leuchtet das Licht der Hoffnung am Ende des Tunnels. Jetzt gehe ich aber meinen Mann holen und bringe Ihnen beiden ein Gläschen Wein mit, den mein Mann auch gerne um diese Tageszeit trinkt.“

Nach ein paar Minuten kam Dr. Rosenbaum ins Zimmer. Er lief freudig auf Felix zu und reichte ihm beide Hände. „Wie schön, dass Sie gekommen sind. Es war sicher ein schwerer Weg, aber nun sind Sie hier, und ich freue mich auf unser Gespräch. Wissen Sie, das Gute braucht immer etwas länger als das Oberflächliche. Es hält auch länger und ist beständig."

Nach ein paar Minuten kam Frau Rosenbaum zurück und brachte zwei Gläser Wein und ein paar erlesene Nüsse. „Ich werde euch mal alleine lassen und wünsche einen schönen Abend!" Eigentlich hätte Felix aufstehen sollen, als sie ihm die Hand gab, aber der tiefe Sessel und sein schweres Herz hielten ihn fest. Dann ging sie und hinterließ eine angenehme Atmosphäre.

„Wie geht es Ihnen Felix?" „Es geht mir nicht gut, aber besser als vor fünf Wochen. Ich kann wieder aufstehen, und der Schmerz ist nicht mehr so brennend wie am Anfang. Ich habe keinen Mut mehr, weiterzumachen, und im Grunde ist mir auch alles egal." „Wollen Sie mir nicht ein wenig erzählen, was Sie in Ihrem Innersten erlebt haben? Ich weiß, Elisabeth hat Sie unvorbereitet verlassen, und damit ist ihre Welt zusammengebrochen." „Ja, in mir ist etwas zerbrochen. Dann kam eine unvorstellbare Gleichgültigkeit über mich, ich weinte, klagte an und wusste nicht mehr weiter. Ich lag wie gelähmt in meinem Bett. Zuerst noch drehten die Gedanken ihre Kreise in meinem Kopf, und dann wurde es auf einmal ganz leer. Ich wollte nichts mehr, gar nichts mehr!"

„Das ist eine sehr schwere Situation. Wenn man erst einmal resigniert hat, dann läuft nichts mehr. Wissen Sie, woher das Wort Resignation stammt?" Felix machte keine Andeutung, ob er es wisse oder nicht. Dr. Rosenbaum erklärte es ihm: „Das Wort Resignation kommt aus dem Mittelhochdeutschen und leitet sich von ‚signieren' ab, also von ‚unterschreiben'. Und ‚resignieren' bedeutet dann nichts anderes, als seine Unterschrift zur Lebensbejahung wieder zurückzunehmen. Darum fällt man in ein bodenloses Loch und sieht keinen Ausweg." „Genauso habe ich es erlebt." „Kennen Sie sich etwas in den biblischen Geschichten aus?" „Ein wenig, aber eigentlich interessieren sie mich nicht wirklich." „Schade, man kann viel von diesen Geschichten lernen, zumal sie ja Zeugnisse von Menschen sind, die nicht nur die leichte Seite des Lebens erlebt haben."

„Ja, das mag sein. Aber warum fragen Sie?" „Nun, mir fällt die Geschichte vom Propheten Elia ein, die ich ihnen gerne in einer kurzen Variante erzählen würde." „Machen Sie das, wenn es mir hilft! Meine Mutter ist sehr gläubig, mein Vater lehnt es nicht ab. Wir Kinder sind ganz frei erzogen, haben viel gelernt und gesehen, wie sehr unsere Mutter aus dem Glauben Kraft gewonnen hat. Wenn mein Vater da mitgezogen hätte, wäre es wahrscheinlich eine runde Sache geworden, aber so sind wir in diesem Zwiespalt von glauben und nicht wirklich glauben groß geworden. Ich lehne es auch nicht ab, aber als mein Bruder Raphael von der unheilbaren Krankheit ALS[3] geheilt wurde, da habe ich gestaunt und gemerkt, dass in der Beziehung zu Jesus doch etwas ist, was man nicht einfach wegdrücken kann. Trotzdem würde ich mich nicht als wirklich gläubigen Menschen bezeichnen. Mit anderen Religionen habe ich mich nie beschäftigt. Einfach kein Thema für mich. Jetzt bin ich aber gespannt, was Sie mir sagen wollen."

„Das ist ja sehr erstaunlich, was Sie von Ihrem Bruder erzählen. Wie alt war er, als er die Heilung erlebt hat, und saß er schon im Rollstuhl?" „Er war 18 Jahre alt. Man hatte ihm noch nicht viel angemerkt, aber die Ärzte hatten es schon diagnostiziert. Sie sagten damals, Raphael müsse sich auf einen langen Leidensweg einstellen, und ob er wirklich alt würde, das könne man jetzt noch nicht sagen. Nicht alle Menschen schaffen es, wie der Astrophysiker Dr. Stephen Hawking, 76 Jahre alt zu werden. Da meine Mutter Ärztin ist, wollte sie es nicht hinnehmen, dass ihr Sohn an so einer Krankheit sterben sollte. Sie fragte meinen Bruder, ob er bereit wäre, dass man in ihrer Gemeinde für ihn beten dürfe, indem man ihm die Hände auflegen und ihn segnen würde. Mein Bruder stimmte zu, und er wurde durch das Gebet geheilt. Zuerst wusste man es natürlich nicht, aber als er zur nächsten Untersuchung ging, konnten die Ärzte

[3] Die amyotrophe Lateralsklerose (ALS) gehört zur Gruppe der Motoneuron-Krankheiten und ist eine nicht heilbare degenerative Erkrankung des motorischen Nervensystems (Wikipedia, Zugriff am 9.03.2020).

keine Symptome mehr feststellen, was für sie unbegreiflich war. Sie hatten die Fakten seiner Krankheit schwarz auf weiß in ihren Unterlagen. Jetzt waren sie Makulatur. Bis heute geht es meinem Bruder blendend. Nur hätte er nicht studieren sollen. Er ist kein Akademiker. Vielleicht lässt er es ja eines Tages und lernt was Vernünftiges. Aber nun erzählen Sie mir die biblische Geschichte."

„Ich will Sie nicht langweilen, aber das, was Sie mir gerade erzählt haben, bewegt mich sehr. Meine Geschichte ist ganz anders. Zuerst musste der Prophet Elia eine langanhaltende Trockenheit prophezeien. Die Trockenheit kam, und Elia floh an den Bach Krith, der im Gebirge Gilead, in der Nähe seines Geburtsortes, lag. Damit begann der Weg der Aussichtslosigkeit. Dabei blieb es aber nicht. Elia wurde auf wunderbare Weise versorgt. Ich lese Ihnen den Satz aus der Bibel mal vor: ‚Und die Raben brachten ihm Brot am Morgen und Fleisch am Abend, und aus dem Bache trank er.‘[4]

Dass übernatürliche Wunder geschehen können, haben Sie ja selber erlebt. Aber das Problem von Elia ging noch weiter. Der Bach trocknete aus. Das ist doch ein Bild für die Seele. Das werden Sie bestätigen können. Wenn die Seele leidet, fühlt sie sich wie ein ausgetrockneter Bach an. Da fließt nichts mehr. Fatal ist es, wenn man am ausgetrockneten Bach sitzen bleibt. Elia ging zur Witwe in Sarepta, im Libanon. Weiter heißt es: ‚Und als er an das Tor der Stadt kam, siehe, da war eine Witwe, die las Holz auf. Und er rief ihr zu und sprach: Hole mir ein wenig Wasser im Gefäß, dass ich trinke!‘[5] Sie tat es und Elia ging es gut.

Um Hilfe zu bitten, braucht Mut. Eigentlich sollte Elia sich später daran erinnern, aber er war wie einer von uns: Er vergaß es im entscheidenden Augenblick! Und so bahnte sich die nächste Katastrophe an: Der Sohn der Witwe starb. Elia betete zu Gott für ihn. Und Gott erhörte das Gebet von Elia: die Seele des Knaben kehrte in ihn zurück, und er wurde wieder lebendig.[6]

---

[4] 1. Könige 17,6 (Luther 2017).
[5] 1. Könige 17,10 (Luther 2017).
[6] Nach 1. Könige 17.

Nur wer sich traut, aus dem Desaster auszusteigen und Dinge zu tun, von deren Ausgang er nur wissen kann, ob sie funktionieren, wenn er es wagt, wird auch Neues erleben.

Sehen Sie Felix, all das haben Sie in den letzten fünf Wochen auch erlebt. Die Dürre im Land ist ein Bild für den resignierenden Menschen.

Später stand Elia vor einer neuen Herausforderung. Er musste etwas aus dem Land schaffen, was dort nicht hineingehörte. Das waren in dieser Geschichte die Baals-Propheten, die Priester des Aberglaubens. Er tötete 500 von ihnen.

Was für eine Geschichte! Sie steht für so viele Geschichten in unserem Leben. Es ist die Ausrottung der falschen Wege und eines Irrglaubens, dem wir schnell verfallen können. Alleine hätte er es nicht geschafft. Die Kraft dazu kam aus seinem Glauben an den Gott Israels.

Auch wir schaffen es nicht alleine, aus der Gefangenschaft der Resignation herauszukommen. Wir brauchen Menschen an unserer Seite, mit denen wir reden können, denen wir Vertrauen schenken. Wer dazu noch die besondere Gabe hat, an Gott zu glauben, der ist gut versorgt.

Für Elias Seele war es ein grandioser Sieg. Leider machte er einen entscheidenden Fehler. Er schaute nicht auf das, was ihm gelungen war, und er schaute auch nicht auf Gott, dessen Hilfe er in Anspruch genommen hatte. Er schaute auf die Umstände, in diesem Fall war das Isebel, die Frau des Königs Ahab, die den Aberglauben im Land gefördert hatte. Elia fürchtete sich vor ihrer Rache. Sie hatte Vergeltung geschworen.

Das war zu viel für Elia, und das ist das Ergebnis, wenn jemand nicht auf die Siege schaut, sondern auf die negativen Umstände. Elia floh und resignierte endgültig."

„Was für eine interessante Geschichte. Ich glaube ich kann mich in diesen Elia hineinversetzen. Ich spüre seinen Schmerz, seine Angst und seine Verzweiflung."

„Sehen Sie, Felix, was Elia erlebt hat und was Sie erlebt haben, ist ziemlich identisch. Man kann hier wunderbar die Dynamik eines resignierenden Menschen sehen: Nachdem Elisabeth Sie verlassen hatte, sahen Sie in nichts mehr einen Sinn.

Das war der Sinnverlust, mit dem die Hoffnungslosigkeit einherging. Sie spürten diese unerträgliche innere Gelähmtheit, und in Ihrer Seele wurde es Nacht. Dadurch hatten Sie keine Kraft mehr aufzustehen, und was blieb, war eine erschreckende Todessehnsucht. Interessant ist, dass Elia das auch alles durchlebt hat. Er richtete sich direkt an Gott und wünschte sich den Tod und sprach: ‚Es ist genug! So nimm nun, Herr, mein Leben hin, denn ich bin nicht besser als meine Väter.‘[7] Es wäre jetzt zu lang, all das zu erzählen, was dann geschah, aber ich möchte es als die vier Wohltaten Gottes beschreiben und Sie bitten, es in Bezug auf Ihre Nacht des Lebens während der letzten fünf Wochen anzuschauen: Schlaf, Essen und Trinken, Spaziergang und das freundliche Gespräch. Vier Wohltaten, die uns in trüben Zeiten allen gut tun.“

„Ja, das stimmt. Der Schlaf war meine Zuflucht, auch dann, wenn er unruhig war. Als mir die Kommilitonen das Essen brachten, ging es mir schon ein wenig besser. Danach habe ich mich zu einem kleinen Spaziergang durchgerungen, auch wenn ich auf diesem Weg am Fenster meiner großen Liebe vorbeikam und schrecklich weinen musste. Die Einladung von Ihnen zu diesem Gespräch hatte mich ermutigt, bei Ihnen zu klingeln.“

„Wissen Sie, Felix, der psychisch gequälte Mensch braucht keine Ermahnungen, sondern Ermutigung. Darum bin ich zu Ihnen gekommen. Wir kennen drei Beziehungskiller: Beleidigtsein, Selbstmitleid und Resignation. Sie wurden durch den Weggang von Elisabeth zur Resignation getrieben. Unsere stärkste Waffe gegen die Beziehungskiller ist die Entscheidung: Ich suche einen Weg, der mich aus dieser Situation hinausführt. Das ist die Kraft, die es in uns wieder hell werden lässt.

Wir Mensch sind soziale Wesen. Wir können nur überleben, wenn wir in uns und mit anderen klare Verhältnisse schaffen. Der Weg, den Elisabeth gewählt hat, war unfair, weil er keine Klärung zuließ. Das ist übel, weil Sie so mit der Situation alleine fertig werden mussten. Leider passiert das sehr häufig. Der Grund dafür ist die Angst vor sich selber und vor seinem Gegenüber. Wenn man nicht die Fähigkeit entwickelt, mit seinen eigenen

---

[7] 1. Könige 19,4 (Luther 2017).

Gefühlen und den Gefühlen seines Gegenübers zu kooperieren, dann passiert das, was Ihnen geschehen ist. Es geht nicht darum, Gefühle zu ignorieren, sondern wahrzunehmen. Allein in der Bewertung der Gefühle liegt die Möglichkeit zum Kooperieren. Kooperieren mit dem, was ich in mir entdeckt und wahrgenommen habe, und dem, was von außen an mich herangetragen wird. Der Mensch kann nur überleben, wenn er gemeinsame Sache mit anderen macht. Wir brauchen einander, brauchen die unterschiedlichen Fähigkeiten und Möglichkeiten, um unsere Welt gemeinsam zu gestalten. Wir alle haben eine Zukunft, wenn wir mit anderen einen gemeinsamen Weg suchen. Der einzelne Mensch geht verloren, wenn er sich nicht in die Gemeinschaft einbinden lässt. Das betrifft die Beziehung zu einem Menschen und genauso zu einem Teil der Gesellschaft, in der sich der Mensch befindet. In jedem Menschen existiert ein natürlicher Trieb, für die Gesellschaft nützlich zu sein. Beleidigtsein, Selbstmitleid und Resignation blockieren diesen Trieb. Es tut mir sehr leid, dass Sie diese bittere Erfahrung machen mussten.

Ich sehe, dass wir noch gar nicht von unserem köstlichen Wein getrunken haben. Es ist ein Primitivo aus Italien. Wunderbar! Zum Wohl!“ Dabei lachte Dr. Rosenbaum herzlich und in Felix wurde es langsam wieder hell.

*****

Vor ihnen stand Raphael. In beiden Händen hatte er einen Koffer und sein Gesicht war eine Mischung aus Erwartung, Niedergeschlagenheit und Freude. „Raphael, Junge, wo kommst du her, so früh am Morgen?“ „Ich habe den Nachtzug genommen und bin jetzt da.“ „Ja, das sehe ich und freue mich. Darf ich dir Deborah vorstellen? Wir haben uns erst gestern Abend kennengelernt und die ganze Nacht miteinander geredet. Sie kam wie ein Engel zu mir. Aber jetzt komm erst einmal rein. Du siehst müde aus.“ Raphael gab seiner Mutter einen Kuss und reichte Deborah die Hand. „Schön, dich kennenzulernen. Ich bin froh, dass ihr noch auf seid, sonst hätte ich jemand aus dem Bett klingeln müssen.“ „Papa ist nicht da, er ist gestern Abend weggefahren. Wir hatten uns gestritten, und seither ist er nicht wiederaufgetaucht." „Mach dir keine Sorgen", sagte Raphael. „Was gut ist, kommt wieder!" Dabei lächelte er seine Mutter an, und in seinem Blick konnte sie seine Gedanken sehen: *Das hatten wir doch schon öfter, oder?* „Manche Menschen müssen erst fliehen, um geläutert zurückzukehren", sagte Raphael. „Ich spreche aus eigener Erfahrung. Mein Studium war auch eine Flucht, und nun bin ich zurück und muss wieder neu beginnen." „Was heißt, du bist zurück und musst wieder neu beginnen?" „Lass uns erst einmal etwas essen, ich habe einen Bärenhunger und außerdem hast du Besuch."

Deborah sagte: „Ich sollte jetzt aber wirklich gehen, war schon viel zu lange da." „Woher kommst du?", fragte Raphael. „Ich lebe normalerweise in Apúlia, Portugal, in der Nähe des *Parque Natural do Litoral Norte,* es gehört zum Distrikt *Viana do Castelo.* Ich liebe diese Gegend, die raue See und die endlose Weite des Atlantischen Ozeans. Manchmal denke ich an die Seefahrer, die von Portugal aus die neue Welt entdeckt haben. Warst du schon einmal in Portugal? Nein? Dann solltest du mich einmal besuchen kommen. Ich lebe in einem alten renovierten Haus mit Blick auf das Meer und einem schönen Park hinter dem Haus. Ein Ort, an dem man zur Ruhe kommen kann. Mein Mann war Mathematikprofessor an der Universidade do Porto und ist bei einem tragischen Segelunfall vor drei Jahren ums Leben gekommen. Nach seinem Tod bin ich nach Apúlia gezogen. Ich habe dort eine Praxis für Physiotherapie und Osteopathie, bin Heilpraktikerin und liebe meinen Beruf. Ich behandle Einschränkungen der Bewegungs- und Funktionsfähigkeit des Körpers. Oft sehe ich auch die inneren Zusammenhänge von Geist, Seele und Leib und kann durch Gespräche und Klärung viel zum Wohl des Menschen beitragen. Das macht mich wirklich glücklich."

„Ja, das stimmt. Deborah strahlt etwas Gutes, Verständnisvolles aus. Wir hatten eine gute Zeit miteinander, und ich habe viel verstanden, womit ich die Beziehung zu deinem Vater und sicher auch zu anderen Menschen verbessern kann." „Das hört sich ja sehr gut an. Ich glaube, ich sollte auch Physiotherapeut lernen, und Osteopathie wäre ein weiteres Ziel für mich." „Was machen wir jetzt?", fragte Claudia. „Wollen wir nicht alle miteinander frühstücken? Raphael könnte erzählen, warum er in aller Herrgottsfrühe hier mit zwei Koffern aufgetaucht ist und Deborah könnte etwas von ihrer Arbeit erzählen. Ich habe da so eine Ahnung."

Alle waren einverstanden, und so fanden sie sich, nachdem Raphael sich etwas frisch gemacht hatte, zusammen am Frühstückstisch wieder. Als Raphael sein erstes Brötchen mit Honig gegessen hatte, erzählte er von seinem Abbruch. „Ich habe einen Fehler gemacht. Ich hätte nicht studieren sollen. Aber da in unserer Familie jeder studiert oder studiert hat, dachte ich, ich müsse das auch machen, damit ich dazu gehöre. Die Inhalte der ersten drei Semester waren sehr interessant und ich konnte eine ganze Menge lernen. Wer aber Soziale Arbeit studiert, braucht eine soziale Ader und muss bereit sein, soziale Beziehungen zwischen Menschen knüpfen zu wollen. Das ist nicht wirklich mein Thema. Ich hab's versucht und erkannt, dass ich einen noch größeren Fehler mache, wenn ich hier weitermache."

Claudia schaute Raphael und Deborah an. „Nun, was sagt die weise Frau aus Portugal zu einem jungen Mann, der scheinbar eine Kurskorrektur von Fehlern vorgenommen hat, die nicht er, sondern seine Eltern begangen haben?" Deborah musste schmunzeln. „Was sagt der Volksmund? Aus Schaden wird man klug! Tatsächlich hält sich wohl die Zahl derer, die einen Fehler zweimal machen, in Grenzen. Wahrscheinlich trifft das nicht immer zu. Manche Menschen scheinen erst bei mehreren Anläufen sensibilisiert zu werden. Aber auch dann ist es kein Grund aufzugeben. Wenn ich erkenne, was zum Schaden geführt hat, dann suche ich die Lösung, um es richtig zu machen. Es geht nicht primär darum, Fehler zu vermeiden, sondern aus ihnen zu lernen."

„Ich bin froh, Raphael, dass du auf die Bremse getreten bist. Ich hatte nie den Mut, dir zu sagen, du solltest nicht studieren. Mein Eindruck war immer, dass du ein Praktiker bist und etwas mit deinen Händen machen solltest. Der Wert eines Menschen hängt bei weitem nicht von einem Studium ab. Glücklich wird man nur, wenn man eine innere Leidenschaft zu seinem Beruf machen kann. Wir haben dich nie nach dieser Leidenschaft gefragt, weil wir nicht fähig waren, dein Vater und ich, unsere Eindrücke über unsere Jungen auszutauschen. Die Angst, missverstanden zu werden, war größer als die Bereitschaft, etwas Richtiges für sein Kind zu tun. Welch eine Blamage!“

Raphael schaute seiner Mutter in die Augen. „Du musst dir keine Vorwürfe machen. Ich brauchte diesen Umweg und weiß jetzt, was ich machen will. Ich wusste das immer, aber habe es nicht gemacht, um euch nicht zu enttäuschen. Jetzt ist die Täuschung vorbei, und ich bin auf neuen, hoffnungsvollen Wegen unterwegs.“ „Das hört sich ja gut an Raphael. Kannst du schon darüber sprechen, was du machen wirst?“

„Ich weiß nie so recht, ob es wirklich Zufälle gibt oder ob der liebe Gott da was gedreht hat. Wieso ist eine Heilpraktikerin, die sowohl Physiotherapeutin ist und eine Ausbildung zur Osteopathie hat, ausgerechnet heute hier?“ „Vielleicht, damit du deine Fragen loswerden kannst?“

„Ich bin vor genau drei Jahren von ALS geheilt worden. Es bleibt ein großes Wunder für mich, und ich bin nach wie vor Gott sehr dankbar, dass er mich geheilt hat. Der menschliche Körper ist so filigran, so zerbrechlich. Wenn nur eine Funktion gestört ist, legt sich das auf den ganzen Körper. Entweder leiden wir am physischen Körper oder an der Seele oder unser Geist ist verwirrt. Egal, immer sind alle drei Bereiche betroffen, und ich möchte Menschen helfen, ihre Fehlhaltungen zu korrigieren.“

„Genau das macht der Osteopath“, sagte Deborah. „Wenn du Lust und noch freie Zeit hast, lade ich dich zu mir nach Portugal ein. Da kannst du für eine Weile mein Assistent sein und bekommst Einblick in die ganzheitliche Methode meiner Arbeit.“

„Ich würde diese Nacht und diesen Morgen als ein glückliches Ereignis bezeichnen“, sagte Claudia. „Man muss miteinander reden, offen füreinander sein, dann kommt man zu guten Ergebnissen. Wieso kann ich das bei meinen Patienten, und zu Hause gelingt es mir nur bruchstückhaft?“ „Ob es dafür eine allgemein gültige Antwort gibt, bezweifle ich. Aber anschauen könnten wir es einmal“, sagte Deborah. „Das würde mich auch stark interessieren“, sagte Raphael, „wenn ich euch in eurem Gespräch unter vier Augen nicht störe.“

*****

Als die Morgendämmerung auf ihrem Weg zum hellen Tag war, fuhren Peter und Tobias an einem einladend wirkenden Hotel vorbei. Peter drosselte die Geschwindigkeit und fragte Tobias: „Hättest du noch Zeit und Lust mit mir zu frühstücken?“ „Wenn du nicht ins Geschäft musst, dann lass es uns tun“, antwortete Tobias. Peter fuhr auf den Parkplatz und beide stiegen aus. Es war ein frischer, angenehmer Morgen, nicht kalt, und die Luft war klar nach dem langen Regen in der Nacht. Sie gingen in das Hotel und folgten dem Weg zum Frühstückraum. Vor ihnen eröffnete sich ein heller Raum mit einem gigantischen Frühstücksbuffet. Peter ging auf die Bedienung zu und fragte sie, ob sie auch als Nicht-Übernachtungsgäste hier frühstücken dürften. „Sehr gerne, suchen Sie sich einen Platz“, antwortete die freundliche junge Frau. „Alle unsere Gäste scheinen noch zu schlafen, aber es steht schon alles bereit. Ich wünsche Ihnen einen guten Appetit.“

Die beiden suchten sich am Fenster einen einzelnen Tisch und bedienten sich am Buffet. Die Kaffeemaschine surrte leise den Café Crema heraus und verbreitete einen appetitanregenden Duft. Als sie am Tisch saßen und genüsslich ihr opulentes Frühstück einnahmen, fragte Tobias, wie es Peter gelungen sei, ein so erfolgreicher Geschäftsmann zu werden. „Da fragst du mich was. Hast du überhaupt genug Zeit, dir noch mehr von mir anzuhören?“ „Ich habe Zeit genug und bin gespannt, wer sich hinter diesem Peter verbirgt, den ich jetzt schon eine ganze Nacht kenne.“ „Ich komme aus einer ganz normalen Familie. Jetzt fragst du dich vielleicht, was ich unter normal verstehe. Normal ist für mich in erster Linie, wenn alles so läuft, wie es laufen soll. Ich habe Vater, Mutter und zwei Geschwister, einen jüngeren Bruder und eine ältere Schwester.“

„Aha, ein Sandwich-Kind!“ „Richtig. Genauso ist es und so habe ich es auch gelebt. Ich war auf der einen Seite ein sanfter

Vermittler und auf der anderen Seite ständig auf der Suche nach Aufmerksamkeit. Das war mir als Kind natürlich nicht bewusst. Erst in der rückwärtigen Analyse meiner Kindheit und Jugend wurde mir das deutlich. Ich bin ein guter Beobachter und habe es leicht, mich auf andere Menschen einzulassen. Leider gelingt mir das in meiner Ehe nicht so gut. Als Heranwachsender hatte ich in meiner Schwester jemand, von dem ich etwas lernen konnte, und einen jüngeren Bruder, dem ich etwas beibringen konnte. Für manches, was ich ihm beigebracht hatte, bekam ich von meinem Vater eine heftige Verwarnung. Wie die aussah, möchtest du jetzt sicher nicht wissen, weil sich die Gesetze inzwischen geändert haben."

Peter lachte bei dieser Aussage und Tobias nickte verständig mit dem Kopf. „Meine Eltern haben es irgendwie gut gemacht. Sie haben sich für jedes ihrer Kinder Zeit genommen, soweit es ihnen beruflich möglich war. Bei uns gab es nicht wirklich Probleme. Alles wurde so betrachtet, dass man eine Lösung fand. Ich wurde sozusagen als lösungsorientierter Mensch erzogen, wovon ich bis heute profitiere. Wahrscheinlich bin ich nur einen kleinen Schritt davon entfernt, es auch in meiner Ehe zu schaffen."

Wieder mussten beide schmunzeln. „Mein Vater war Lokführer und meine Mutter arbeitete an der Kasse im Supermarkt. Meine Schwester wurde MTA und mein Bruder hat Vermessungstechniker gelernt. Beide sind glücklich in ihren Berufen. Ich war der einzige in der Familie, der studiert hat. Wahrscheinlich wollte ich damit Beachtung finden, aber mein Studium der Volkswirtschaft hat mir darüber hinaus auch noch Spaß gemacht. Dass ich dann Börsenmakler geworden bin, war reiner Zufall. Ich glaube, dass meine gute Beobachtungsgabe mir schließlich in meinem Beruf zum Erfolg geholfen hat. An der Börse kann ich schnell auf das reagieren, was ich beobachte. In meiner Ehe fällt es mir immer noch schwer. Da wir aber in unserer Familie lösungsorientiert erzogen wurden, habe ich noch Hoffnung, was meine Ehe betrifft. Es ist nie zu spät, etwas zu lernen."

„Da hast du recht Peter", sagte Tobias und setzte hinzu: „Und was machst du mit dem ganzen Geld, das du an der Börse verdienst?" „Das ist eine gute Frage. Weißt du, Geld hat keinen

Sättigungsgrad. Egal auf welchem Level du dich befindest, es könnte immer noch etwas mehr sein. Die Ansprüche werden von Mal zu Mal höher, und du hast das Gefühl, dass das vollkommen in Ordnung ist. Manchmal habe ich ein schlechtes Gewissen, dann unterstütze ich meine Eltern in ihrer Rente, indem ich ihnen einen schönen Urlaub finanziere."

Sie holten sich noch einmal eine Tasse Kaffee, und dann fragte Peter Tobias: „Und wie ist das mit dir? Du siehst ja auch nicht aus, als würdest du schon Rente beziehen." „Nein, davon bin ich noch ein ganzes Stück entfernt. Ich werde auch keine Rente bekommen." „Oh, das ist aber schlecht. Entweder hast du so viel Geld beiseitegeschafft, dass es dir reicht, oder du hast einen erheblichen Fehler gemacht." Tobias musste wieder lachen. „Ich habe weder Geld an die Seite geschafft, noch habe ich einen Fehler gemacht."

*****

Johannes fuhr wie jeden Morgen mit seinem Fahrrad zur Uniklinik. Heute durfte er bei der Visite seines Chefs dabei sein. Mit seinem Studium war er jetzt fast fertig. Die zwölf Semester hatte er Tag und Nacht gebüffelt, hatte kaum Zeit für sein geliebtes Basketballspiel. Er wollte ein guter Arzt werden. Seine Mutter war Fachärztin für Röntgenologie. Er wollte Landarzt werden, und darum gab er sich Mühe, von allen Fachbereichen möglichst viel zu verstehen. Empathie hatte er, und trotzdem belegte er Kurse für medizinische Psychologie und medizinische Soziologie.

Heute war für ihn ein ganz besonderer Tag. Die vier vorklinischen Semester waren eine große Herausforderung. Obwohl er sein Abitur mit 1,0 geschafft hatte, musste er sich erneut in den Fächern Biologie, Chemie, Physik, Anatomie, Physiologie und Biochemie viel Wissen aneignen. Dazu kamen die drei Monate Pflegepraktikum, die er auf allen Stationen in der Uniklinik machen konnte. Als er dann in die Kliniksemester kam, fühlte er sich manchmal schon wie ein richtiger Arzt, weil er lernen durfte, wie man Blut abnimmt, eine Anamneseerhebung macht und wie man am Patienten körperliche Untersuchungen macht, um zu sehen, was dem Menschen fehlt. Seine Famulatur, das medizinische Praktikum, durfte er bei seiner Mutter in der Klink machen. Das war eine lehrreiche und schöne Zeit. Das 2. Staatsexamen machte er mit Auszeichnung, und da wusste er, dass er den richtigen Beruf erwählt hatte.

Nun war er heute den ersten Tag im Praktischen Jahr und durfte unter ärztlicher Aufsicht alle Aufgaben, die zu seinem späteren, verantwortungsvollen Beruf nötig waren, ausführen. Hier auf der Inneren begann die weitere Reise seiner Laufbahn, und er saugte alles auf, was er sehen und hören konnte. Nach vier Monaten würde er dann auf die Chirurgie wechseln, und da jeder Mediziner ein Wahlfach hat, das er noch nebenbei belegen konnte, wählte er die Psychiatrie, weil er den Eindruck hatte, dass man dieses Wissen heute mehr denn je braucht. Er freute sich überschwänglich auf die Visite mit dem Chef, doch plötzlich flog er ohne Vorwarnung vom Rad und knallte mit voller Wucht gegen die Litfaßsäule. Es wurde ihm schwarz vor Augen, und dann war alles vorbei.

Mit Blaulicht und Sirenen kam ein Polizeiauto zur Unfallstelle. Ein Passant hatte geistesgegenwärtig den Notruf gewählt, hatte kurz beschrieben, wo er sich befand und was geschehen war: Ein Pkw habe die Kurve geschnitten und einen Fahrradfahrer von seinem Rad katapultiert. Er liege jetzt bewegungslos an der Litfaßsäule. Der PKW sei weitergefahren, aber er habe sich die Nummer merken können.

Als die Polizei unterwegs war, kam auch der inzwischen bestellte Notarzt und hinter ihm der Krankenwagen. Der Notarzt sprang aus dem Auto und rannte mit seinem Notfallkoffer zu Johannes. „Können Sie mich hören?“ Keine Antwort. Er fühlte den Puls und deutete den Sanitätern an zu kommen. Sie legten Johannes vorsichtig auf die Trage und schoben ihn in den Krankenwagen, der mit Sirene und Blaulicht in die Uniklinik fuhr. Der Notarzt blieb bei ihm und untersuchte Johannes weiter nach eventuellen Brüchen. „Wahrscheinlich ein mittelschweres Schädel-Hirn-Trauma. Wenn die Bewusstlosigkeit in einer Stunde vorüber ist, wissen wir mehr. Vielleicht hat er Glück gehabt, und es treten keine Spätfolgen auf.“

Das rechte Knie von Johannes war offen und zeigte einen wahrscheinlichen Trümmerbruch. Der Notarzt sagte zu seinem Sanitäter, der mit im Wagen saß: „Hoffentlich nicht im Gelenk. Zum Glück hatte der junge Mann einen Helm auf, sonst hätte man ihn wahrscheinlich mit einem anderen Wagen geholt."

In der Notaufnahme wartete man schon auf den Neuzugang. Als der diensthabende Arzt seinen Patienten sah, sagte er erstaunt: „Das ist ja Johannes Riegel. Er sollte heute Morgen auf der Inneren dabei sein." Dann wandte er sich Johannes zu und fragte ihn: „Johannes, können Sie mich hören?" Keine Antwort. Sie zogen Johannes aus und fuhren ihn in die Röntgenabteilung. Wenig später wussten sie, dass er einen erheblichen Schlag an den Kopf bekommen hatte, dass aber nichts gebrochen war, dazu ein Trümmerbruch unterhalb des rechten Knies, drei Rippenbrüche und Schürfwunden an der rechten Körperhälfte. Nun musste man ihn nur noch wach bekommen.

Der Notarzt hatte recht mit seiner Vermutung. Nach einer Dreiviertelstunde öffnete Johannes die Augen und fragte, wo er sei. Er habe fürchterliche Kopfschmerzen, ihm sei schwindelig und schrecklich übel. Er konnte die Leute um sich herum nur schwach wahrnehmen, und dann war er wieder bewusstlos.

Die Ärzte und das Pflegepersonal versorgten Johannes gut und schoben ihn auf die Intensivstation zur weiteren Überwachung und Klärung seines Zustandes. Der Kopf machte ihnen Sorge. Sie riefen den Chef an; sie wussten, dass Johannes einer ihrer guten Studenten war. „Das sieht nicht gut aus", sagte Professor Kehlheimer. „Benachrichtigen sie Professor Omri, unseren Neurologen. Er möchte sich das anschauen."

Professor Omri kam aus Israel. Er hatte an der Hadassah-Klinik in Jerusalem promoviert und war dort zum ordentlichen Professor berufen worden. Seit fünf Jahren unterrichtete er an dieser Uni. Er ist eine berühmte Kapazität in seinem Fach und bekannt für seine schnellen und zielgenauen Diagnosen: „Es ist ein mittelschweres Schädel-Hirn-Trauma zweiten Grades. Machen Sie sich keine Sorgen, das wird wieder. Es braucht eine Weile, aber am Ende wird nichts zurückbleiben. Haben Sie schon die Eltern des jungen Mannes benachrichtigt?"

Professor Omri sprach gerne von der Hadassah-Klinik in Jerusalem. Er ist ein Liebhaber von Marc Chagall, der in der Synagoge des Hadassah-Krankenhauses die 12 Stämme Israels in seinen einzigartigen Glasfenstern geschaffen hatte. Er zitierte oft Chagall, der über seine Fenster sagte: „In diesen Fenstern wollte ich das Mysterium und die Spiritualität zum Ausdruck bringen, die ich in Israel zutiefst empfinde. Auch nachdem ich dies zu erreichen suchte, habe ich noch immer keine Theorie für meine Arbeitsweise. Ich habe nicht versucht, irgendeiner Theorie zu folgen. Gott schuf den Menschen ohne eine Theorie, und Kunst wird am besten ohne eine Theorie hervorgebracht. Das einzige, was in unserer Macht liegt, ist für die Kunst zu arbeiten. Das Übrige erledigt Gott.“[8]

„Das Übrige liegt in Gottes Händen“, sagte der Chefarzt. „Wir tun, was wir können, und versuchen es mit all unserem Wissen, gut zu machen. Wir geben uns Mühe, mit unseren Erfahrungen und unserer Leidenschaft, den Menschen zu helfen, den lieben Gott in seiner Schöpfung ein wenig zu unterstützen!“ Dabei musste er immer schelmisch lachen. Er war ein Mann, auf den man sich gerne verließ, der sonntags zum Gottesdienst ging und andere nie bedrängte. „Wissen Sie“, sagte er einmal zu seinen Studenten in der Vorlesung, „Sie müssen nicht an Gott glauben, aber wundern Sie sich nicht, wenn er plötzlich ein Wunder durch Ihre Arbeit vollbringt. Wir als Mediziner und Wissenschaftler, Akademiker und oft auch Besserwisser wissen längst nicht alles. Da ist immer noch, im wahrsten Sinn des Wortes, etwas Luft nach oben.“

*****

Als Felix sich nach drei Stunden von Dr. Rosenbaum verabschiedet hatte, ging er nicht in seine Studentenbude. Er wollte nicht wieder in den Raum der Traurigkeit und das Gefühl von Verlassenheit eintauchen. Die Rosenbaums wohnten in der Nähe des Wiener Stadtparks. Von ihnen waren es nur 20 Minuten

[8] https://www.israelmagazin.de/israel-orte/jerusalem/chagall-fenster-hadassah (Ohne Quellenangabe; Zugriff am 11.03.2020).

bis zur Judengasse, wo er sich öfter im „Philosoph“ mit Kommilitonen traf. Er ging am nordöstlichen Parkende vorbei, lief den Dr.-Karl-Lueger-Platz entlang. Nach der Bäckerstraße bog er in den Lichtensteg ein, und so kam er zur Judengasse. Er betrat den „Philosoph“, setzte sich an die Bar und bestellte ein Pils. Er hatte Durst, und ein kühles Bier war jetzt das Richtige dagegen.

„Hallo Felix, wie schön dich zu sehen. Du bist ja lange nicht hier gewesen. Wir hatten schon vermutet, du hättest ein Angebot von Hollywood erhalten und wärst in Los Angeles gelandet.“ „Ich habe keinerlei Ambitionen nach Hollywood zu gehen. Sollte ich aber ein Angebot vom Wiener Schauspielhaus bekommen, dann würde ich nicht nein sagen.“ Beide lachten.

Tarek kam aus Syrien. Er lebte schon drei Jahre in Wien und studierte am Vienna Konservatorium Klavier und Oboe. Er war ein Vollblutmusiker, der zwar Klassik in seinem Repertoire hatte, das war die Pflicht, aber die Kür für ihn war Pop. Tareks Familie kam aus Aleppo. Er hatte zwei Brüder und seine Mutter bei einem Bombenangriff verloren. Sein Vater hatte in Syrien viel Geld mit Goldhandel gemacht und war clever genug gewesen, sein Vermögen frühzeitig ins Ausland zu schaffen.

Nachdem bei ihnen in Syrien kein Frieden eingekehrt war, hatten sie sich entschlossen, nach Österreich zu gehen, weil sein Vater hier gute Beziehungen zur Regierung hatte. Sie hatten es besser als die meisten ihrer Landsleute. Der Asylantrag wurde sofort bearbeitet, und sie bekamen einen Stempel in ihren Pass, der ihnen einen dauerhaften Aufenthalt erlaubte.

Tarek war ein sehr gläubiger Mensch und gehörte zur syrisch-orthodoxen Kirche. Auch der Tod eines Teils seiner Familie hatte seinen Glauben nicht erschüttert. Er sagte einmal zu Felix: „Unser Gebet muss unser Steuerrad sein, nicht unser Ersatzrad!“ Für ihn war Gott nicht weit weg. Seine Herzlichkeit und Freude, die er ausstrahlte, lagen vielleicht genau daran, dass er sich bei Gott geborgen fühlte. Er kannte sich aus in seiner Kirche und war stolz darauf, dass sie dort die Sprache Jesu sprechen. Tarek erzählte einmal in fröhlicher Bierrunde, als man ihn über seine Kirche fragte: „Die syrisch-orthodoxe Kirche ist die Bewahrerin einer sehr alten Sprache, die nicht nur die Sprache Jesu war, sondern auch eine der ältesten Liturgien, die Jakobsliturgie, pflegt und die Spiritualität von berühmten Kirchenvätern aus Antiochien, Nisibis und Edessa und von Ephräm dem Syrer bewahrt.“ Keiner der Studenten konnte mit diesen Namen etwas anfangen, aber Tareks Augen leuchteten. Da sie aber keine weitere Vorlesung in Kirchengeschichte hören wollten, beließen sie es bei diesen Ausführungen.

Es war ein gewisser Glücksmoment, wenn man Tarek für sich alleine hatte. Er hatte immer ein offenes Ohr und verstand es auch, den traurigsten Studenten zum Lachen zu bringen. Darum war Felix froh, als er ihn hier traf. „Wie geht es dir und deinem Vater, Tarek?“

„Auf der einen Seite geht es uns gut. Mein Vater ist mir in allem ein großes Vorbild. Er sagt immer: ‚Man kann das Leben nur rückwärts verstehen, muss es aber vorwärts leben. Ich weiß nicht, wohin Gott uns noch führen wird, was wir noch alles erleben. Ich weiß aber, dass Gott mich führt. Verlasse nie die Wege Gottes, mein Sohn. Das sind die sicheren Wege.‘ Und weiter sagte er: ‚Weißt du, deine Mutter und ich, sie ruhe in Frieden, haben dir deinen Namen gegeben, weil er so viel bedeutet wie *Gott klopft an die Tür,* und außerdem bedeutet dein Name in unserer Sprache auch *Morgenstern.* Der Morgenstern ist der helle Stern, der uns den Weg in den neuen Tag weist. Sei so ein Mensch, Tarek. Leuchte für andere mit deiner Musik und mit deinem Leben.‘

Natürlich sind wir auch manchmal noch traurig, weil meine Mutter und meine zwei Brüder umgekommen sind. Wir haben nie gefragt, warum. ‚Wenn es um das Schicksal von Menschen geht, ist die Warum-Frage sinnlos‘, sagt mein Vater. ‚Du wirst nie eine Antwort darauf bekommen, weil du mit dieser Frage hoffst, dass alles wieder gut wird, so gut, wie wir uns das Gute vorstellen. Wichtiger ist, dass du weißt, dass du Gott wichtig bist und dass er jedes Detail von dir und unserer Familie in seinem dicken Buch festhält. Darum lohnt es sich immer, auf Gott zu warten. Er kommt nie zu früh und kommt auch nie zu spät. Eines Tages werden wir wissen, warum alles so gekommen ist. Lass uns nach vorne schauen und suche dir eine gute Frau, damit unsere Familie in dir Fortbestand hat.‘“

„Das hört sich ein bisschen so an, als würde es mein Vater sagen. Mein Vater lebt nicht aus dem Glauben, obschon er uns nie etwas in den Weg gestellt hat. Er war aber, was den Glauben an Gott betrifft, kein Vorbild für uns. Er hat andere Qualitäten. Er sagt oft: ‚Du musst lösungsorientiert leben und mit anderen kooperieren, dann kommst du weiter. Einer allein kann seine Ziele nicht erreichen. Immer brauchen wir die anderen, den Freund, den Kollegen, die Gemeinschaft oder die Gesellschaft. Das bedeutet, du musst mit dem, was du tust, exzellent werden. Exzellent bedeutet nicht, unbedingt besser als andere zu sein. Es bedeutet, dass du alles gegeben hast, was in dir steckt. Mach das, dann wird auch der Rest gut!‘“

Das Bier war inzwischen leergetrunken und Felix fragte Tarek, ob er noch etwas Zeit habe. Er wolle noch nicht in seine Wohnung gehen. Er wollte nicht ‚Studentenbude‘ sagen, weil Wohnung ehrlicher war. Da sein Vater viel Geld verdiente, konnte er sich in Wien eine kleine Wohnung mieten. Ein Luxus, den sich kaum ein Student leisten konnte. Er wohnte im Sonnwendviertel und hatte es sehr nahe zur Schauspielschule. Meistens ging er die dreißig Minuten zu Fuß, nur wenn es regnete, dann nahm er den Bus, der alle acht Minuten kam und ihn bis zur U-Bahnstation Pilgramgasse brachte. Von dort waren es nur ein paar Minuten bis zur Brücke über den Wienfluss und dann noch einmal ein paar Schritte bis zur Schauspielschule. Wenn er heute Nacht zurück zu seiner Wohnung fahren würde, würde er die U-Bahn nehmen können, die ihn bis zum Keplerplatz brachte. Von dort war es nur ein kleines Stück bis zu seiner Wohnung.

Tarek hatte noch Zeit und Lust, mit Felix im „Philosophen“ zu bleiben. Sie bestellten sich beide noch ein Bier und setzten sich an einen der inzwischen leer gewordenen Tische.

*****

Raphael machte Anzeichen, sich von seinem Platz zu erheben. „Du störst uns ganz und gar nicht“, sagte Raphaels Mutter. Deborah lächelte: „Bleib doch bei uns“, und wandte sich wieder Claudia zu, mit der sie inzwischen auf das vertraute Du übergegangen war. „Bei deinen Patienten bist du die Fachfrau, und man kommt zu dir, weil du diejenige bist, von der man Kompetenz und Hilfe erwartet. So einfach ist das. In deiner Beziehung zu deinem Mann sieht das anders aus. Es ist wahrscheinlich für beide von euch so. Auch dein Mann hat eine hohe Kompetenz in seinem Beruf. Da bekommt er keine Schwierigkeiten, sie einzusetzen, auch wenn er dabei meistens einen guten Gewinn macht. Und nun stoßen da im Privatleben zwei Alpha-Tiere aufeinander und jeder will recht haben, weil er es so gewohnt ist. Leider aber funktioniert das nicht so, denn in der Liebe ist Rechthaben das schlechteste Geschäft."

„Da sagst du was", meinte Claudia. „Genauso ist es. Ich habe oft den Eindruck, ich muss recht haben, damit ich gegen meinen allwissenden Mann ankommen kann." „Und als Fachärztin und Chefin einer Abteilung im Krankenhaus, kannst du dir nicht vorstellen, dass es deinem Mann mit dir genauso geht."

„Wenn du es so sagst, hört sich das zumindest plausibel an. Aber warum haben wir Angst voreinander? Wir kennen uns doch sehr genau, haben drei prächtige Jungen gezeugt, geliebt, erzogen und wieder losgelassen. Wir haben ihnen alles gegeben, was uns möglich war und haben sie zu selbstständigen, verantwortungsbewussten Männern erzogen, haben sie ermutigt und so gut wir konnten unterstützt. Was sagst du dazu Raphael?"

„Was dich und Papa betrifft, sage ich mal nichts, das müsst ihr miteinander klären. Was uns drei Jungs betrifft, kann ich nur sagen, dass wir uns keine besseren Eltern vorstellen könnten. Wir haben von beiden von euch sehr viel gelernt. Ich werde mich auch immer daran erinnern, dass jeder von euch uns auf den Arm genommen und getröstet hat, wenn mal was daneben ging, und das Toben miteinander in eurem Bett, als wir klein waren, wird mir unvergesslich bleiben. Wenn ich einmal Kinder haben sollte, mache ich das auch so. Vieles, was wir bei euch gesehen und gelernt haben, ist mir ein Vorbild dafür, wie ich mir eines Tages meine Ehe vorstelle. Das einzige, was ich aus meiner heutigen Sicht vermisse, ist der Streit. Er war weder bei dir noch bei Papa vorhanden, und wenn es mal zwischen uns Jungs turbulent zuging, habt ihr nur gesagt, wir sollten uns jetzt wieder vertragen. Ich habe nicht gelernt zu streiten. Das kann einmal noch zur Herausforderung werden."

Deborah saß in ihrem Sessel und hörte zu. „Gute Beziehungen müssen gelernt werden. Dazu gehört natürlich zuerst, ob ich weiß, wer ich selber bin. Oder man kann auch die Frage stellen, ob ich bei mir zu Hause bin? In der Regel versteht man diese Frage zuerst nicht. Was heißt, bei mir zu Hause zu sein? Habt ihr schon einmal darüber nachgedacht? Eine einfache Frage, die uns in Frage stellt. Wer bin ich? Kenne ich mich? Begegne ich mir selber oder wer ist das, den ich sehe, wenn ich in den Spiegel schaue oder über mich nachdenke? Wir Heilpraktiker werden von den Schulmedizinern oft nicht wirklich für voll genommen. Darum fühle ich mich in der Gegenwart von Ärzten oft nicht wohl, weil ich nicht weiß, ob ich etwas sagen kann, das nicht gleich schulmedizinisch abgeschmettert wird."

Claudia musste lachen. „Ja, ich kenne das. Ich selber aber glaube, dass weder die Heilpraktiker noch die Schulmediziner alles wissen. Genaugenommen wissen wir alle viel zu wenig, darum ist es immer besser, wir kooperieren miteinander. Wenn jeder sein Wissen zur Lösung eines Problems beiträgt, dann kann es gut werden. Keiner muss das Recht für sich beanspruchen, der Schlauere zu sein."

„Super, das könntet ihr in eurer Ehe doch auch anwenden. Sobald ihr es beide auf dem Schirm habt, nicht recht haben zu wollen, sondern den anderen zu verstehen, um gemeinsame Sache machen zu können, kann es nur gut werden", meinte Raphael und fuhr fort: „Ich glaube diese Fähigkeit braucht man auch in der Physiotherapie oder als Osteopath. So stelle ich mir meinen Beruf eines Tages vor: fragen, immer fragen, und lernen, die richtigen Fragen zu stellen, damit ich dem Patienten so helfen kann, wie er es braucht. Es scheint mir sinnlos zu sein, nur nach dem zu behandeln, was ich sehe. Was man mit den Augen sehen kann, ist doch nur ein geringer Teil des Problems."

„Ich glaube du bist auf dem richtigen Weg, Raphael!", sagte Deborah. „Ich würde aber vorschlagen, noch einmal auf die Frage zurückzukommen: ‚Bin ich bei mir zu Hause?' Da geht es vor allem um Geist, Seele und Leib. Das Problem, das ich beobachte, ist, dass es nur wenige Menschen gibt, die wissen, wie ihr Geist, ihre Seele und ihr Leib funktionieren. Da ist auf der einen Seite immer der Geist, die Seele oder der Leib an sich. Da wir andererseits aber alle grundsätzlich verschieden sind, haben wir auch unterschiedlichen Zugang zu unserem Geist, zur Seele und zum Leib.

Was den Geist betrifft, möchte ich Folgendes dazu sagen: Ich nenne ihn unser Bewusstsein. Da liegt eine ganze Menge an Informationen drin. Was nehme ich wahr? Was speichere ich? Wie bewerte ich die Umstände um mich herum, und wie bewerte ich Dinge, die mich umgeben? Eine starke Bewertungskraft für unser Bewusstsein ist unsere Charakterstruktur. Darum ist es gut, wenn man weiß, wer man ist. Wenn man das nicht weiß, liegt die Gefahr nahe, dass die eigene Bewertung zum Maßstab für das Gegenüber wird. So entstehen neue Konflikte. Jeder darf erst einmal so sein, wie er ist. Das ist völlig in Ordnung, denn nur in der vollkommenen Akzeptanz der eigenen Persönlichkeit liegt die Chance der Veränderung und der Fähigkeit, mit anderen zu kooperieren, in Gedanken und in der Tat.

Es ist eine überaus spannende und kreative Möglichkeit, verschiedene Bewertungen in ein sinnvolles Ganzes zu bewegen. Dabei geht keiner als Individuum verloren. Plötzlich spüre ich, sehe den Wert des Miteinanders und erkenne, dass wir einander brauchen, um etwas Gutes und Sinnvolles zu gestalten. Wer sein Bewusstsein entdeckt, entdeckt sich selber und weiß plötzlich: Ich bin bei mir zu Hause."

„Das war jetzt aber richtig gut", sagte Raphael. „Ich bewerte auch viel, was ja wahrscheinlich jeder macht, aber nun muss ich mal hinschauen, wie meine Bewertungen aussehen und was dem zugrunde liegt. Jetzt bin ich aber auf die Seele gespannt. Obschon ich kein tiefgläubiger Mensch bin, glaube ich felsenfest daran, dass Gott den Menschen geschaffen hat. Das ändert auch nichts an der Tatsache, dass man immer ältere Skelette und Köpfe irgendwo findet. Scheinbar weiß man seit Neustem sogar, wo das Paradies gewesen sein musste. Für mich sind das Teile eines Mosaiks, das irgendwann einmal fertig ist, und dann wissen wir mehr – oder die, die nach uns kommen. Also, jetzt zur Seele."

*****

Peter schaute auf die Uhr seines Handys und sah, dass er es abgestellt hatte. „Da ich jetzt zurück ins Leben gekommen bin, kann ich es auch wieder einschalten“, lachte er zu Tobias hinüber. Kurz darauf klingelte es auch schon. Er sah Tobias an, und in seinem Blick stand die Frage, ob es ihn stören würde, wenn er antwortete. „Geh nur ran, vielleicht ist es ja wichtig.“ Am anderen Ende meldete sich die Polizei. „Polizeistation Stuttgart. Polizeiobermeister Frank. Spreche ich mit Herrn Riegel?“

In Peter kam sofort ein übles Gefühl hoch. Hatte er etwas übersehen, war er geblitzt worden, oder hatte er mit seinem Auto etwas angestellt, was er nicht bemerkt hatte und wurde als Fahrerflucht-Täter gesucht? „Ja, Sie sprechen mit Peter Riegel. Was kann ich für Sie tun?“ „Leider nichts, Herr Riegel. Ich soll ihnen von der Polizeiwache in München Mitte mitteilen, dass Ihr Sohn Johannes einen Fahrradunfall hatte und nun auf der Intensivstation im Münchner ‚Klinikum rechts der Isar‘ liegt. Es tut mir sehr leid, Ihnen keine angenehmere Nachricht mitteilen zu können.“ „Was ist mit Johannes? Geht es ihm gut? Ist er schwer verletzt?“ „Ich kann Ihnen leider gar nichts sagen, nur so viel, dass er im Krankenhaus ist und dort versorgt wird.“

Tobias schaute zu Peter und fragte ihn, ob es die Polizei sei. „Ja, es ist die Polizei in Stuttgart.“ „Gib mir mal dein Handy, Peter.“ Tobias übernahm das Gespräch und sagte: „Kriminaldirektor Gerloff, mit wem spreche ich?“ „Hier ist Frank, sind Sie bei Herrn Riegel, Herr Gerloff?“ „Ja, können Sie mir mehr sagen?“ „Vielleicht sollten Sie mit Herrn Riegel nach München fahren. Es sieht wohl nicht so gut aus mit seinem Sohn.“ „Danke für die Information. Ich wünsche Ihnen noch einen guten Tag. Wir sehen uns dann im Präsidium.“

„Ach du grüne Neune, du bist Polizist. Auch das noch. Darum bekommst du keine Rente. Ich würde an deiner Stelle auch lieber die Pension nehmen.“ „Wir sollten nach München fahren. Auf dem Weg dorthin teile ich meiner Dienststelle mit, dass ich heute nicht komme. Es scheint mir besser zu sein, bei dir zu bleiben. Soll ich fahren, damit du keinen Fehler machst?“ „Ich glaube, dass das keine schlechte Idee wäre. Wir zahlen und dann fahren wir los."

Tobias setzte sich ans Steuer und fragte Peter, ob sein Auto auch eine Freisprechanlage habe. „Ja, natürlich", antwortete er. „Du kannst auch mein Handy benutzen, um bei deiner Dienststelle anzurufen. Was bist du? Kriminaldirektor? Oh Mann, dass mir das auch noch passiert – mit einem Kriminaldirektor im Auto zu sitzen." „Besser als im Knast", schmunzelte Tobias. „Aber es kommt noch besser. Ich bin Personenfahnder und hatte meine Zielperson verloren, als ich mitten auf der Straße stand und dich angehalten habe. Ich hatte keine Lust, wegen eines Täters auch noch krank zu werden. Dass sich daraus dann so eine gute, freundliche und freundschaftliche Beziehung entwickelte, damit hatte ich nicht gerechnet. Umso mehr freut es mich jetzt, mit dir nach München fahren zu dürfen, um dir gegebenenfalls zur Seite stehen zu können."

„Das ist mehr als ich erwarten konnte. Danke Tobias, ich glaube, wir werden gute Freunde werden." „Das freut mich sehr, dass du das sagst." „Nun lass uns fahren und wähle die Nummer, die ich dir jetzt sage. Ich muss mit meiner Dienststelle sprechen." Als Tobias das Gespräch beendet hatte, fragte er Peter, ob er nicht auch seine Frau benachrichtigen wolle.

*****

Peter und Claudia waren vor fünf Jahren an den Bismarckturm in Stuttgart gezogen. Sie lebten dort in einer der alten Villen. Zu Beginn war ihnen nicht bewusst, in welch honorabler Gesellschaft sie sich hier befanden. In ihrer Nähe stand das Stammhaus der Familie Robert Bosch und auf der anderen Seite die ehemalige Villa des Glasmalers Wolf-Dieter Kohler, der in der Stuttgarter Stiftskirche eines der großen Bilder in der mittleren Apsis gestaltet hat. Das linke und das rechte Fenster ist von einem der Meisterschüler von Prof. Rudolf Yelin. Das rechte Fenster wurde von Adolf Saile und das linke Fenster von Wolf-Dieter Kohler gestaltet, der ungefähr noch weitere 200 Kirchenfenster gestaltete. Eines davon befindet sich über dem Westportal des

Ulmer Münsters und stellt die Pfingstszene dar. Keiner dieser bekannten Bürger der Stadt lebt mehr, aber der Geist der Erfinder, Künstler und Wissenschaftler schwebt noch über diesem Stadtteil. Die Präsenz der vorbeifahrenden Polizeiautos lassen ahnen, dass hier Bürger leben, die einen besonderen Schutz brauchen.

Wenn man aus dem großen, nicht zu öffnenden Fenster der Familie Riegel schaut, blickt man in einen parkähnlichen Garten. Er ist liebevoll gepflegt und lädt über der hektischen Stadt zur Ruhe ein.

„Wollen wir nicht in den Garten gehen?“, fragte Claudia. „Der Tag verspricht, warm zu werden. Wir können es uns auf der Terrasse gemütlich machen und hier noch etwas von Deborah hören. Sie wollte uns ja noch in das Geheimnis der Seele und des Leibes blicken lassen.“ Sie machten sich auf und schlossen hinter sich die Terrassentür, damit die Insekten sich nicht ins Haus verirrten. Darum konnte Claudia auch nicht den Anruf auf ihrem Handy annehmen.

„Die Seele“, sagte Deborah, „ist der Grund, warum ein Mensch lebt. In der Schöpfungsgeschichte des Alten Testaments bläst Gott dem Menschen seinen Atem ein und so beginnt der Mensch zu leben. Er ist jetzt belebt und ‚beseelt‘ durch den Lufthauch Gottes, ein Geschenk der göttlichen Macht.“ Sie schaute zu Claudia und Raphael hinüber. „Ihr macht jetzt aber ein sehr zweifelndes Gesicht“, sagte sie lachend. „Nein, nein“, erwiderte Raphael, „ich bin nur gespannt, wie es weitergeht. Das ist ja zuerst einmal nur eine These, die man glauben kann oder nicht.“ „So ist es“, entgegnete ihm Deborah, „eine These. Was aber ist eine These?“, lachte Deborah ihm entgegen.

Raphael erwiderte: „Ich gehe mal davon aus, dass eine These eine Behauptung ist, die es noch zu beweisen gilt. Die Gegenbehauptung von mir wäre eine Antithese, die ich aber im Augenblick nicht parat habe, weil ich auch von der Evolutionstheorie von Darwin nicht überzeugt bin. Auch sie scheint mir bisher nur eine These zu sein.“ „Ich könnte für meine These aber einen gewissen Beweis antreten!“ „Oh, da sind wir jetzt aber gespannt“, freute sich Claudia, die in Deborah eine gemeinsame Gesinnung, was den Glauben betrifft, erkannt hatte.

„Jeder, der schon einmal einen Menschen sterben sah, kann sich vorstellen, dass es eine Seele gibt. Wenn der Mensch tot ist, also zur unbelebten, reinen Materie geworden ist, erkennst du ihn nicht wieder. Da liegt dieser Mensch, fremd, als hättest du ihn nie gekannt. Eine Hülle. Das Leben, die Seele, ist entwichen.“ „Das kann ich bestätigen“, warf Claudia ein. „Es ist wie eine Verwandlung. Man hat es irgendwie nicht mehr mit einem Menschen zu tun, obschon man der sterblichen Hülle allen Respekt entgegenbringt. Die Seele scheint der letzte unverwechselbare und nicht verfügbare Kern eines Menschen zu sein.“

„Was macht die Wissenschaft?“, fragte Deborah. „Sie versucht die Seele als biochemischen Vorgang in Gehirn und Körper wegzudefinieren. Die Seele bist du. Das, was den Menschen ausmacht, sein Wesen, ist ein Spiegelbild der Seele. Ob es unsere Gene sind, unser gewordener Charakter, unsere Art zu leben und zu lieben, all das kommt aus dem Innersten des Menschen. Das meiste ist in uns verborgen und wird sichtbar durch unsere Taten. Manche Äußerungen unserer Seele gehen an unserem Bewusstsein vorbei. Plötzlich tut jemand etwas, sagt jemand etwas und wundert sich darüber, wo es herkommt.“

„Wenn man davon ausgehen kann“, ergänzte Claudia als Medizinerin, „dass alle unsere Erinnerungen in unseren Zellen enthalten sind – darüber gibt es übrigens sehr interessante Literatur –, dann ist es die Seele eines Menschen, die diese Erinnerungen zum Vorschein bringt. Man hat herausgefunden, dass unsere kulturelle Vergangenheit in unseren Zellen gespeichert ist. Darum träumt ein Deutscher anders als ein Franzose und ein Europäer anders als ein Afrikaner. Immer aber ist es die Seele, die unsere Persönlichkeit mit allen Speicherungen zum Ausdruck bringt. Nur so kann ich verstehen, dass man auch von der Seele eines Volkes sprechen kann. Zudem weiß man heute, dass bei einer Stammzellentransplantation viele Spendereigenschaften auf den Empfänger übergehen. Da können die Haare plötzlich in eine andere Richtung wachsen, und der Empfänger kann Lust auf Erdbeeren bekommen, die vorher nie dagewesen war.

Die Frage, die wir uns gerade stellen, ist doch: Bin ich bei mir zu Hause? Was kannst du über deine Seele sagen? Was über deine Persönlichkeit, deine Vorlieben und deine Abgründe? Welche Neigungen und Wünsche hast du? Wie ist das mit deinem Glauben oder deiner Vernunft, was ja nicht unbedingt heißen muss, dass man im Glauben nicht auch rational denken kann.“ Dabei schaute sie Raphael an, der mit gespanntem Interesse all diesen Überlegungen folgte. „Wenn du diese Fragen beantworten kannst, bist du auf dem Weg zu deinem ganz persönlichen Zuhause.“

Raphael blickte zu seiner Mutter, und sie schaute ihn an. „Das ist ein interessanter Morgen“, sagte Claudia. „Wir sollten noch etwas über den dritten Teil, den Leib hören.“

*****

Als Felix und Tarek sich an den frei gewordenen Tisch gesetzt hatten, sagte Tarek: „Weißt du, was in dir steckt?“ „Wie kommst du jetzt auf diese Frage?“, entgegnete ihm Felix. „Weil du vorhin gesagt hast, dass dein Vater meint, du müsstest exzellent sein, was wiederum bewirkt, dass du alles gibst, was in dir steckt. Das kann man aber nur machen, dachte ich, wenn man weiß, was in einem steckt.“

„Ich bin auf der Schauspielschule, weil ich in mir etwas entdeckt habe, das man von außen nicht sieht. Es wäre einfach, wenn man sich vor den Spiegel stellen könnte und im Spiegel erkennen würde, was in einem steckt. Ich hatte das Glück, in eine Familie hineingeboren zu werden, in der die Eltern drei Jungs in die Welt gesetzt und gefördert haben. Obwohl beide in ihrem Beruf sehr gefordert und erfolgreich sind, haben sie sich sehr viel Zeit genommen, um uns Kindern das Gefühl von Familie, Geborgenheit und Liebe zu geben. Wenn einer von uns eine Idee hatte, durfte er es ausprobieren und wurde nicht gleich wegen allen möglichen Konsequenzen daran gehindert. Wenn meine Eltern Probleme sahen, haben sie aufgepasst, dass wir mit unseren Ideen keinen Schiffbruch erlitten. Ich bin sehr stolz auf meine Eltern, weil sie uns den Raum der Selbsterfahrung gegeben haben. Wenn etwas schief ging, sagte meine Mutter: ‚Wenn man nichts ausprobiert, macht man keine Erfahrungen, und es steht nirgendwo, dass es immer klappt. Aus Schaden wird man klug, und einen Fehler zweimal zu machen, ist eine schmerzhafte Erfahrung, aber spätestens dann weiß man, dass man es anders machen muss.'"

„Da hast du aber eine tolle Mutter. Die würde ich gerne einmal kennenlernen." „Vielleicht kommst du mal mit, wenn ich nach Stuttgart fahre. Aber du studierst ja auch Musik, weil deine Eltern dich darin gefördert haben", lachte Felix Tarek entgegen.

„Ja, sie haben mich schon sehr früh gefördert. So wie du hatte auch ich Glück. Es muss manchmal schrecklich für ihre Ohren gewesen sein, wenn ich Oboe geübt habe. Manchmal dachten sie, meine Backen im Gesicht würden platzen, weil ich am Anfang das Spiel mit der Luft noch nicht beherrscht habe. Wenn ich mal aufgeben wollte, dann erinnerte ich mich an eine Geschichte, die meine Mutter mir über den berühmten Pianisten Ignaz Josef Paderewski erzählte, der in einem großen Konzertsaal irgendwo in Amerika auftreten sollte. Der Saal war bis auf den letzten Platz besetzt. Die Besucher unterhielten sich angeregt und warteten auf den Dirigenten und Solisten. Im Publikum saß eine Mutter mit ihrem achtjährigen Sohn. Der Kleine hatte schon etwas Klavierunterricht genommen. Aber weil es nicht so richtig klappte, hatte er keine Lust mehr zum Üben. Seine Mutter hatte ihn mit in dieses Konzert genommen, weil sie hoffte, dass es den Jungen motivieren und er wieder gerne zum Klavierunterricht gehen würde, wenn er einen so berühmten und großen Pianisten hören und sehen würde. Während sie sich mit ihrer Nachbarin unterhielt, hatte sie nicht bemerkt, dass ihr Sohn plötzlich verschwunden war. Ihr stockte der Atem, als sie ihn auf die Bühne gehen sah. Das Publikum staunte nicht schlecht, als ein kleiner Junge Richtung Flügel ging und auf dem Schemel Platz nahm. Er begann ganz ohne Scheu mit zwei Fingern eine einfache Melodie zu spielen. Hinter der Bühne wurde Paderewski von einem Mitarbeiter auf den Jungen an seinem Flügel aufmerksam gemacht. Paderewski zögerte nicht, ging nach vorne und stellte sich hinter den Jungen. Dann beugte er sich über ihn und nahm die Melodie des kleinen Jungen auf. Im Saal wurde es ganz still, als die ungelenken Töne des

Jungen zu einer wunderbaren Melodie wurden und nur der Junge hörte, was Paderewski ihm beim Spielen zuflüsterte: ‚Spiel weiter. Hör nicht auf. Hör mal, wie schön das klingt! Du wirst sicher einmal ein großer Pianist werden!'"

„Was für eine ermutigende Geschichte", sagte Felix. „Ja, so war meine Mutter, aber nun lebe ich schon seit einigen Jahren nur noch von der Erinnerung an sie. Ich darf gar nicht viel darüber nachdenken, sonst überkommt mich große Traurigkeit."

„Aber ist es nicht schön, dass wir beide Eltern haben oder hatten, die uns geholfen haben, in uns das zu entdecken, was in uns steckt? Das wird die Erinnerung an deine Mutter immer wachhalten, und dafür kannst du dankbar sein."

„Ja, das sehe ich auch so, und ich würde mir wünschen, dass du meinen Vater einmal kennenlernst. Er ist ein weiser Mann und manchmal denke ich, er handelt nicht nur mit dem Edelmetall Gold, um Geld zu verdienen, er hat auch ein goldenes Herz, das leuchtet und Gutes ausstrahlt."

„Ich glaube, es gibt wenig Menschen", sagte Felix, „die schon früh ihre Gaben und Fähigkeiten entdecken. Die meisten müssen wahrscheinlich erst viel später darauf hingewiesen werden und brauchen viel Mut, etwas auszuprobieren, was ihnen noch fremd ist, aber irgendwie in ihnen schlummert."

„Ich glaube es ist wichtig", entgegnete Tarek, „dass ich weiß, wohin ich will. Manch einer meiner Kommilitonen muss noch den Mut aufbringen und sich fragen, welche Fähigkeiten in ihm stecken und wie er sie einsetzen möchte, um sein Ziel zu erreichen. Ein Ziel muss man formulieren, sonst kennt man es nicht. In vielen von uns steckt mehr, als man vermutet. Leider haben nur wenige von ihnen gute Berater, die sie ermutigen, auf eine Entdeckungsreise in die eigene Person zu gehen. Man findet nicht nur Gutes, aber man findet auch viel, was man nutzen kann, um glücklich zu werden." Er blickte Felix an und fragte ihn: „Hast du schon einmal etwas von Theresa von Lisieux gehört?" „Nein, muss man die kennen?" „Nicht unbedingt, aber sie diente Gott mit dem Abwaschen von Töpfen und Pfannen. Das war, was sie wollte, und damit wurde sie weltberühmt."

„Du bist wirklich informiert, Tarek. Du kommst aus Syrien, aus einem Land, das für mich unglaublich weit weg ist. Ehrlich gesagt, habe ich mir noch nie Gedanken über euer Land gemacht.“ „Das geht vielen so, aber mach dir deshalb keine Gedanken. Ich kann dir ja ein anderes Mal etwas über die Geschichte unseres Landes erzählen. Du wirst staunen!“ „Staunen tue ich schon jetzt über dich.“ „Ja, wir Menschen fangen an zu staunen, wenn wir entdecken, was in uns steckt, und wenn wir einen Freund näher kennenlernen.“

*****

Tobias verließ die A8 und fuhr über die Nordumgehung von München auf der A99 weiter. „Hast du deine Frau erreicht?“ „Nein, Claudia geht nicht ans Handy. Ich habe es auch auf der Festnetznummer versucht, aber auch da nimmt sie nicht ab. Ich werde es später noch einmal versuchen. Jetzt fahren wir erst einmal in die Klinik und schauen, was mit Johannes los ist. Hoffentlich geht es ihm gut.“ Sie bogen auf die A9 ab und fuhren nach ein paar Kilometern auf den Mittleren Ring und dann weiter stadteinwärts. Auf dem Parkplatz des weitläufigen Klinikums fragten sie sich zur Notaufnahme durch. Als sie auf der Intensivstation angekommen waren und einem Arzt begegneten, blieb Tobias zurück. „Ich möchte gerne zu meinem Sohn Johannes Riegel.“ „Dr. Nasrim, ich bin hier der Stationsarzt. Ich kenne ihren Sohn vom Studium her. Es tut mir leid, was ihm passiert ist. Kommen Sie bitte mit.“ Peter schaute sich zu Tobias um, der ihm mit einem Handzeichen andeutete, hier zu warten.

Als sie in das Überwachungszimmer kamen, erblickte Peter seinen Sohn und ging langsam auf ihn zu. „Schön, dass du gekommen bist, Papa. Wie geht es dir?“ „Das wollte ich eigentlich dich fragen.“ „Mir geht es nicht gut. Ich habe schreckliche Kopfschmerzen, und meine Rippen tun mir weh, ganz zu schweigen von meinem Bein. Ich glaub, es hat mich ziemlich böse erwischt.“ „Wie ist das passiert?“ „Ich kann mich nur daran erinnern, dass ich mit dem Rad zur Klinik fahren wollte, und dann habe ich einen kompletten Filmriss.“ „Mach dir keine Sorgen, wir werden tun, was wir tun können, um dich bald wieder laufen zu sehen – am liebsten in einem weißen Kittel." „Einen weißen Kittel habe ich schon an, aber der ist hinten offen. Lieber wäre mir der andere."

Beide mussten lachen, aber dann meldeten sich die gebrochenen Rippen, und Johannes zeigte ein schmerzverzogenes Lächeln und sagte: „Lachen ist eigentlich gesund, aber es kann auch sehr schmerzhaft sein." Dr. Nasrim stand neben den beiden und bot an, Herrn Riegel draußen den Hergang des Unfalls zu schildern.

„Wir lassen dich eine Weile allein, Johannes, aber ich komme noch einmal wieder und bringe einen Freund mit, der mich hierher begleitet hat." „Weiß die Mama schon, dass ich Patient bin?" „Nein, ich glaube nicht. Sie ging weder an ihr Handy noch ans Festnetztelefon. Ich versuche es aber gleich noch einmal." Dann ging er mit Dr. Nasrim auf den Flur. „Wir fanden Johannes in einem schlechten Zustand. Prof. Omri hat ein mittelschweres Schädel-Hirn-Trauma diagnostiziert und meint, Johannes werde das ohne Folgen gut überstehen. Seine Übelkeit und seine Kopfschmerzen sind Folgen dieser Kopfverletzung. Aber Sie haben ja selber gesehen, dass er, was den Kopf betrifft, schon wieder ganz fit ist. Er hat drei Rippen gebrochen und einen offenen Bruch unterhalb des rechten Knies. Die Rippen wachsen wieder zusammen, was in seinem Alter nicht allzu lange dauert, und bei dem Knochenbruch hatte er Glück, dass das Gelenk nicht beteiligt ist. Nun hoffen wir, dass durch den Schmutz an der Litfaßsäule keine Entzündung entsteht, aber wir werden das sehr genau beobachten."

Peter stellte Tobias dem Arzt vor: „Das ist mein Freund Tobias Gerloff. Er ist Kriminaldirektor und war so freundlich, mich hierherzufahren, weil ich doch ziemlich erschrocken war, als die Polizei mich informierte." „Sehr angenehm, Sie kennenzulernen, Herr Gerloff. Es ist immer gut, einen Freund zu haben, der einen in schwierigen Situationen unterstützt." „Ja", mischte Peter sich ein, „ich kann mir keinen besseren Freund vorstellen."

Beide lachten den Arzt an. „Gut, dass Sie die Polizei mitbringen, denn der Fahrer, der Johannes vom Rad katapultiert hat, ist weitergefahren. Es ist unmöglich, dass er den Unfall nicht bemerkt hat. Zeugen haben ausgesagt, dass er ziemlich flott unterwegs war. Einer konnte sich die Autonummer merken." „Dann werden ihn die Kollegen auch finden. Da ich in Baden-Württemberg Dienst tue und hier die Kollegen aus Bayern zuständig sind, habe ich keinen Einfluss auf die Ermittlungen, ich kann aber mal nachfragen, ob sie den Fahrer schon gefunden haben."

Dr. Nasrim verabschiedete sich von den beiden Männern. „Kommen Sie, wann immer Sie möchten. Wir alle schätzen Johannes sehr und tun unser Bestes, ihn wieder auf die Beine zu bekommen." Dann ging er, und Peter fragte Tobias: „Was machen wir jetzt?" „Lass uns in die Cafeteria gehen und einen Kaffee trinken. Dann kannst du noch einmal versuchen, deine Frau anzurufen." „Das ist eine gute Idee."

In der Cafeteria bestellten sie sich jeder einen Cappuccino und fanden einen geeigneten Platz am Fenster. „Ich versuche jetzt noch einmal, Claudia anzurufen."

*****

Deborah und Raphael schauten sich an. „Hättest du wirklich Lust zu mir nach Portugal zu kommen?" „Ja, ich denke schon. Ich habe schon viel über die Schönheit des Landes gehört." „Ja, Portugal ist sehr schön. Es hat wunderschöne Häfen. Daher kommt auch der Name des Landes: Schöner Hafen." So nannten es die Römer in ihrer Sprache: Portus Cale – ‚Schöner Hafen'".

„Magst du uns noch etwas vom Leib sagen, damit wir ein zusammenhängendes Bild von Geist, Seele und Leib bekommen", fragte Claudia. „Wenn es euch nicht zu viel wird, sage ich noch gerne etwas darüber. Das ist ja sozusagen mein Fachbereich." „Soll ich uns noch etwas zu trinken holen?", fragte Raphael. Claudia und Deborah schauten sich an und sagten beide, wie aus einem Mund: „Das ist sehr lieb, aber im Augenblick brauche ich nichts." Beide mussten lachen, weil ihre Stimmen so synchron kamen.

Dann fuhr Deborah fort und sagte: „Mit dem Leib haben wir es scheinbar am Einfachsten von den drei inneren Räumen unseres Zuhauses. Ich spüre meinen Leib, ich sehe ihn, ich liebe ihn oder lehne ihn ab. Ich trainiere ihn, lass ihn hungern oder überfüttere ihn. Ich pflege ihn oder lasse ihn verwahrlosen. Der Leib kann ohne Geist und Seele nicht existieren. Wir sprachen ja schon darüber, als es um die Seele ging. Wenn eine Person stirbt, dann wird der Leib zu einer unbelebten, reinen Materie, und es fällt dem Betrachter schwer, in dem Leichnam noch den zu erkennen, der er vorher war. Da liegt er, fremd, nur eine Hülle."

„Ich habe noch nie einen Toten gesehen", sagte Raphael, „aber vorstellen kann ich es mir sehr gut."

„Es ist wahrlich interessant. Ich spüre meinen Leib jeden Tag und beschäftige mich mit ihm. Ich habe eine bestimmte Vorstellung von einem perfekten Körper. Ich vermute mal, dass wir Frauen damit mehr Probleme haben als Männer", überlegte Claudia laut. „Ja, mag sein", entgegnete Deborah, „aber das ändert sich in der westlichen Welt gerade massiv. Auch Männer schauen hin und suchen für sich die perfekte Figur. Trotzdem glaube ich, dass wir damit meistens in die falsche Richtung gehen, denn nicht der Leib alleine macht unser Leben, unser inneres Zuhause aus, sondern ist unzertrennlich mit Geist und Seele verbunden."

Claudia nahm den Gedanken auf und fuhr fort: „Es gibt eine unbekannte Zahl an Menschen mit Behinderung, die eine fantastische Arbeit machen, ein wunderbares Wesen haben und etwas in ihrem Leben bewirken, das ohne ihre Seele und ihren Geist nicht möglich wäre. Eine herausragende Persönlichkeit ist Nick Vujicic, der weder Beine noch Arme hat. Ich habe ihn einmal live erlebt. Unglaublich, dieser Mann. Er sagte in seinem Vortrag, er habe in seinem Leben aufgrund seiner Behinderung lange Zeit keinen Sinn und keine Hoffnung für sich gesehen. Das habe sich erst geändert, als er seine Behinderung nicht mehr als Strafe, sondern als Herausforderung und Auftrag Gottes begriffen habe. Er habe den Sinn seines Lebens schließlich darin gefunden, Menschen von der Liebe Gottes zu berichten und sie darin zu bestärken, ihre Träume zu erfüllen. Heute lebt Vujicic in Kalifornien und arbeitet international als Redner überwiegend in Schulen, Kirchen und bei christlichen Kongressen. Er thematisiert dabei das Leben mit Behinderung, Lebensmut und Hoffnung und den christlichen Glauben. Damals, in dem Vortrag, den ich von ihm hörte, sagte er: ‚Vielleicht ist das meine Aufgabe, anderen Menschen Hoffnung zu geben.'"

„Es kommt also nicht auf den intakten Körperbau an, sondern darauf, wie Geist und Seele mit dem Rest umgehen", trug Raphael bei.

„Das ist die große Herausforderung an uns alle", sagte Deborah. „In jedem von uns steckt etwas, das sich durch unsere körperliche Haltung zum Ausdruck bringt. In jedem von uns stecken Hoffnung, Traurigkeit, Angst, Abgründe und Überwindung. Die Seele alleine schafft es nicht, mit allem umzugehen, was in ihr steckt. Dazu braucht sie den Geist. Damit aber das, was wir in uns wahrnehmen, zum Ausdruck kommen soll, brauchen wir den Leib. Das Zusammenspiel in einer Beziehung spiegelt sich zuerst in jedem von uns selbst wider, dann, wenn wir Geist, Seele und Leib als Einheit zusammen sehen. In dieser Einheit entwickeln wir die gemeinsame Anstrengung, mit anderen zu kommunizieren, zu handeln und zu gestalten. Die Frage ‚Bist du bei dir zu Hause?' lässt das Leben noch einmal spannend werden, wenn du entdeckst, was in dir steckt und was du mit anderen und ihren Möglichkeiten bewegen kannst."

„Super, Deborah, das müsste man ja auch auf die Ehe anwenden können, oder?", meinte Claudia. In diesem Augenblick hörten alle, dass das Telefon im Haus klingelte. „Soll ich ans Telefon gehen?", fragte Raphael. „Nein, bleib ruhig hier bei Deborah, ich geh schon selber, weil ich denke, dass es sowieso für mich ist."

Claudia ging ins Haus und schloss die Terrassentür hinter sich. Sie meldete sich mit Dr. Riegel. „Hier ist Peter." „Wo bist du?" „Ich bin in München in der Uniklinik rechts der Isar." „Warum bist du dort?" In Claudia stiegen Ängste auf. „Ist dir etwas passiert?" „Nein, mir geht es gut, aber Johannes ist verunglückt." „Was ist passiert? Geht es ihm gut. Ist er schwer verletzt, ist er bei Bewusstsein, was ist mit ihm?" „Beruhige dich Claudia, es geht ihm den Umständen entsprechend gut." „Wieso Umstände und entsprechend? Wieso bist du dort, und ich weiß von nichts?"

„Die Polizei hat mich angerufen. Wahrscheinlich haben sie dich nicht erreicht. Johannes ist mit dem Fahrrad gestürzt. Er hat ein mittelschweres Schädel-Hirn-Trauma 2. Grades, drei Rippenbrüche und einen offenen Bruch unterhalb des rechten Knies. Er ist hier in sehr guten Händen. Professor Omri, der Neurologe, hat ihn untersucht und gesagt, dass das mit dem Schädel wieder gut wird. Prof. Kehlheimer sagte uns, dass wir uns keine Sorgen machen müssen. Er ist Johannes' Professor, bei dem er studiert hat. Sie kennen sich gut. Wir dürfen jederzeit zu ihm kommen, wenn wir ihn brauchen. Möchtest du kommen? Soll ich auf dich warten?"

„Natürlich komme ich. Bist du mit dem Wagen da? Und wieso sagst du, dass Prof. Kehlheimer etwas zu *euch* gesagt hat. Bist du nicht alleine dort? Wer ist bei dir?" Trotz der angespannten Situation musste Peter lächeln. Ein bisschen Eifersucht von seiner Frau tat ihm gut. „Ich bin mit einem Freund hier. Er war so lieb und ist mit mir hierhergefahren." „Welcher Freund?" „Du kennst ihn nicht, aber wenn du kommst, stelle ich ihn dir vor." „Ich komme mit dem Zug, ist das okay für dich, mich wieder mit nach Hause zu nehmen?" „Claudia, natürlich ist das okay Ich warte hier auf dich und freue mich, dich zu sehen."

Claudias Gesicht wurde etwas heller, als sie hörte, dass Peter sich auf sie freute. „Ich schaue gleich nach einem Zug und rufe dich dann an, um dich zu informieren, wann ich ankommen werde." „Du musst dir wirklich keine Sorgen machen. Johannes ist hier in den besten Händen. Ich werde gleich noch einmal zu ihm gehen und ihm sagen, dass du kommst. Dann freut er sich bestimmt." „Danke Peter, ich melde mich wieder." Dann legte sie auf und ging in den Garten.

An ihrem Gesicht war sofort zu erkennen, dass etwas passiert war. „Johannes hatte einen Unfall und liegt in der Klinik in München." Dann erzählte sie den beiden, was vorgefallen war, und dass sie sofort nach einem Zug schauen werde, der sie nach München brächte. „Soll ich dich nicht fahren?", fragte Raphael. „Das ging mir auch schon durch den Kopf, aber ist das nicht blöd, wenn wir in München mit zwei Autos sind?"

„Blöd oder nicht blöd“, sagte Deborah. „Ich glaube, was dich am schnellsten zu deinem Sohn und deinem Mann bringt, dass solltet ihr wählen.“ „Schau du nach einem Zug, und ich schaue, wie der Verkehr aussieht und wie lange wir mit dem Auto nach München brauchen. Dann entscheiden wir.“

Als Claudia zurückkam, hatte sie eine Zugverbindung gefunden. „Sie ist durchgehend und dauert gute zwei Stunden. Vom Bahnhof bin ich mit dem Taxi schnell in der Klinik.“ „Mit dem Auto brauchen wir zweieinhalb Stunden und die A8 ist gerade eine Katastrophe.“ „Dann fahre ich mit dem Zug!“ „Soll ich dich zum Bahnhof bringen?“, fragte Raphael. „Ja, das wäre schön.“ „Ich möchte euch gerne begleiten“, sagte Deborah. „Klar“, meinte Felix, „fahr mit mir zum Bahnhof und anschließend können wir noch ein bisschen miteinander reden. Deine Themen interessieren mich brennend.“ „Ich bin in 15 Minuten startklar. Ist das okay für euch?“ „Alles okay“, antwortete Raphael, und Deborah nickte ebenfalls.

*****

Johannes lag von Geräten und Schläuchen umgeben in seinem Bett. Plötzlich begann eines der Instrumente zu piepsen. Sofort kam ein medizinischer Mitarbeiter und sah, dass die Temperatur von Johannes über 38 gestiegen war. Er fragte Johannes: „Wie geht es Ihnen?“ „Nicht gut, ich habe Kopfschmerzen und die Wunde an meinem Bein tuckert.“ Der Krankenpfleger nahm die Decke hoch und sah einen roten Streifen vom Knie Richtung Herz. „Ich rufe gleich den Doktor“, sagte er, ging hinaus und wählte die Nummer des diensthabenden Arztes.“ „Nasrim“, meldete sich der Arzt. „Herr Doktor, Sie sollten sich das Bein von Johannes anschauen; er hat Fieber und ein roter Streifen geht von seiner Wunde Richtung Herz“. „Okay, ich komme sofort!“ Ein paar Minuten später stand er am Bett von Johannes. „Das sieht nicht gut aus. Das ist eine Blutvergiftung. Wo kommt die her? Womit hat er sich infiziert? Da müssen wir sofort etwas dagegen tun.“ Jetzt wurden alle medizinischen Maßnahmen ergriffen, um die Blutvergiftung zu stoppen. Es piepste wieder.

Die Temperatur stieg. „Ich rufe den Chef an. Wir kriegen Ärger, wenn er nicht benachrichtigt wird. Er hat eine besondere Beziehung zu seinem Studenten und würde es uns nicht verzeihen, wenn hier irgendetwas schiefgeht.“

*****

Deborah und Raphael verabschiedeten sich von Claudia. „Kann ich dich irgendwo erreichen, Deborah, wenn ich von München wieder zurück bin?“ „Sicher, ich gebe Raphael meine Nummer.“ Sie umarmten sich als gute Freundinnen. „Pass gut auf sie auf“, rief Claudia Raphael zu. „Sie hat mir sehr geholfen, und ich würde mich freuen, wenn der Kontakt weiterbestünde!“ Dabei schaute sie Raphael und Deborah an. Der ICE nach München fuhr ein. Claudia stieg ein und verschwand hinter den getönten Scheiben.

„Was machen wir jetzt?“, fragte Raphael Deborah. „Kommst du noch einmal mit zu uns? Ich habe noch Fragen, die ich gerne mit dir besprechen würde.“ „Okay, dann lass uns fahren. Etwas Zeit habe ich noch.“

Als sie im Auto saßen, fragte Deborah Raphael: „Wie willst du dein zukünftiges Leben gestalten? Du hast eine kluge Entscheidung getroffen, indem du einen Weg beendet hast, der nicht zielführend gewesen wäre. Ich denke, du hast dir das gut überlegt.“ „Wenn ich mir in einer Sache hundertprozentig sicher bin, dann in der, dass ich nicht weiterstudieren will.“ Jetzt bogen sie in die Panoramastraße ein und fuhren kurz danach am Chinesischen Garten vorbei und in die Birkenwaldstraße. Nun war es nicht mehr weit zu Raphaels Zuhause. Er ließ den Wagen vor der Garage stehen, und beide stiegen aus und gingen ins Haus.

„Deine Eltern wohnen wirklich sehr schön.“ „Ja, das stimmt, und wir Kinder haben uns hier auch immer wohlgefühlt und tun es noch. Es ist unser Zuhause geblieben, was meinen Eltern immer wichtig war. Sollen wir wieder auf die Terrasse gehen?“, fragte Raphael. „Ja, warum nicht?“ „Ich bringe uns noch etwas zu trinken mit.“ Damit bog er in Richtung Küche ab und Deborah ging auf die Terrasse.

Als sie wieder zusammen waren, sagte Deborah: „Vor dir liegt eine offene Tür in deine Zukunft. Du brauchst etwas Mut, durch diese imaginäre Tür zu gehen. Hinter dieser Tür wird es hell und weit. Es ist wie in einem Raum mit vielen Schließfächern. Nur zu einem, auf dem dein Name steht, hast du Zugang. Die Tür zu diesem Schließfach ist dein Herz." „Ein schönes Bild. Aber was ist das Herz, von dem du sprichst?"

„Im Herzen bewahren wir unsere Wünsche und Sehnsüchte. Wer auf das eigene Herz hört, braucht Ermutigung, das ‚Schließfach' aufzuschließen. Gott spricht zu diesem Herzen. Seine Stimme zu hören ist eine der aufregendsten Dinge in unserem Leben. Du solltest dir Zeit nehmen, auf Gott zu hören, um zu wissen, was hinter deiner Tresortür verborgen ist." „Ich bin nicht ganz so gläubig, wie du vielleicht annimmst. Meine Heilung war eine große Überraschung für mich und jeder sagte, dass Gott mich geheilt hat, und dass er sicher noch Großes mit meinem Leben vorhat."

„Und das glaubst du nicht?" „Ja und nein. Ich bin mir einfach nicht sicher." „Weißt du Raphael, vor unserer Herzenstür stehen viele Zäune und Hindernisse, die alle den gleichen Namen tragen: Zweifel! Wer auf die Hindernisse schaut, geht zurück, gibt auf und macht auf ‚kleiner Flamme' weiter. Wer aber hinter all diesen Zäunen, hinter jedem Berg und hinter jeder Grenze eine neue Möglichkeit entdeckt, der findet zu seinem Potenzial. Vielleicht hast du dich daran gewöhnt, nicht zu glauben, und lebst aus dem, was dir das Leben gerade bietet. Auf deinem inneren Bildschirm erscheint die Meldung: *Never change a running system!* (Verändere nie ein funktionierendes System!)" „Na ja, ein bisschen tendiere ich in diese Richtung. Darum war mein Studienabbruch eine Meisterleistung für mich."

„Das verstehe ich, aber trotzdem muss man manchmal das Signal, alles zu lassen wie bisher, übersehen. Ist der Stillstand erst einmal eingeläutet, dann ist man wie gelähmt und findet den Weg zum Tresor nicht mehr." „Ich staune über deine Bilder, Deborah. Woher nimmst du das alles?"

„Erfahrung! Jeder von uns hat Gaben und Begrenzungen. In meiner Praxis erlebe ich viele Menschen, die es nie gewagt haben, ihre Begrenzungen zu überwinden. Ihre Möglichkeiten erkennen sie nicht. Sie schlummern hinter dem großen Berg ihrer Ängste, der eine große Aufschrift trägt: Das schaffst du nie. Nur wenige haben den Mut, ihr ganzes Potenzial zu entdecken und es zu nutzen. Wer es wagt, nimmt Teil am aktiven, gemeinschaftlichen Leben. Er stellt dabei fest, dass er nicht alles können muss. Die anderen haben ergänzende Gaben, und gemeinsam werden sie es schaffen, aus unserer Welt einen gut funktionierenden Planeten zu machen. Zudem ist dieses Wissen nicht neu. Schon in der frühen Christenheit war es ein aktuelles Thema. Ich habe einmal in der Bibel von der Vielzahl der Glieder an einem Leib gelesen. Darf ich dir von diesem Bild aus der Bibel noch etwas sagen?“

„Ja, natürlich. Bilder sind immer gut, um tiefere Inhalte zu verstehen, und du scheinst eine Meisterin im Erzählen von tieferen Erkenntnissen zu sein.“

„Danke für dieses nette Kompliment! In diesem Bild aus der Bibel, in dem es um die Vielzahl der Glieder in einer Gemeinde geht, geht es um die Gestaltung der Gemeinschaft und dass jeder eine andere Aufgabe und Begabung hat. Es braucht beides: Die Erkenntnis über die eigenen Fähigkeiten und die Ergänzung durch die Gemeinschaft.

Wenn ich einen Zaun im Land meiner Zukunft entdecke, kann ich darüberspringen und schauen, was dahinterliegt. Ein Zaun sagt nicht unbedingt, dass niemand hereinkommen darf. Er kann auch bedeuten, dass er ein Schutz für die ist, die sich darin aufhalten. Ein Zaun ist somit kein unüberwindliches Hindernis. In der Regel hat ein Zaun ein Tor, durch das man eintreten kann. Wenn ich den Zaun als unüberwindliches Hindernis sehe, dann finde ich das Tor nicht, halte Abstand und werde nie erfahren, was sich Gutes dahinter verbirgt.

In seinem Buch ‚Auf dem Jakobsweg‘, beschreibt der Literaturnobelpreisträger Paulo Coelho den Wanderer, der in ein Haus eintritt. Ein gefährlicher Hund springt ihm entgegen. In diesem Augenblick entdeckt der Wanderer sein Potenzial und kann den Hund abwehren. Immer wenn er mit seinem neu entdeckten Potenzial zu kämpfen aufhört, kommt der Hund ihm wieder näher und die Angst vor ihm bricht aufs Neue durch. Am Ende besiegt der Wanderer mit seiner entdeckten Kraft den Hund. Damit hat er den Hund und seine Ängste besiegt."

„Ich habe schon immer geglaubt, dass die eigentlichen Gewinner im Leben nicht die sind, die viel Geld verdienen. Das glaubt man nur, weil man sich damit viele Wünsche erfüllen kann. Mein Vater sagt immer: ‚Geld hat keinen Sättigungsgrad.' Wenn es nur noch um das Geld geht, verliert man den Blick für die Wunder des Lebens, die sich in den verschiedenen Gaben und Fähigkeiten der Menschen zeigen."

„Einen klugen Vater hast du!" „Ja, das stimmt. Er sagt auch: ‚Wer sein Leben erfolgreich gestalten will, muss seine Gaben und Fähigkeiten entdecken und sie einsetzen. Solange sie im Verborgenen sind, werden sie alt und sind eines Tages nutzlos. Schade drum.' Jetzt habe ich aber die wichtigste Frage, die ich dir stellen möchte, noch gar nicht gestellt." „Da bin ich aber gespannt." „Wie kann man die Zäune und Hindernisse überwinden, die scheinbar alle den gleichen Namen haben: ‚Es geht nicht.'?"

„Ich möchte dir dazu eine Geschichte eines guten Freundes erzählen. Sie hat tatsächlich stattgefunden. Er erzählte mir: ‚Ich hatte von meiner schulischen Ausbildung her die denkbar schlechtesten Voraussetzungen, etwas zu werden. An einen akademischen Abschluss war gar nicht zu denken. Ich habe ihn auch heute noch nicht und habe lange mit dieser Situation gehadert. Eines Tages bin ich an mein ‚Schließfach' gegangen, habe es aufgemacht und getan, was ich als Gabe und Fähigkeit in mir gespürt habe.

Als ich ein kleiner Junge war, waren die Wiener Sängerknaben zu einem Konzert in unserer Stadt. Meine Mutter ging mit uns Kindern dorthin. Ich war begeistert und fragte meine Mutter, ob sie mich nicht bei den Wiener Sängerknaben anmelden könnte, ich würde gerne mitsingen. Meine Mutter sagte, dass das schwierig sei. Sie sagte nicht, dass es nicht ginge. Ich bohrte weiter, und meine Mutter machte mir den Vorschlag, selber einen Brief zu schreiben und zu fragen, ob ich dem Chor beitreten dürfe. Sie besorgte mir die Adresse, was damals wesentlich komplizierter war als heute, weil es ‚Herrn Google‘ noch nicht gab. Auch der Computer steckte noch in seinen ersten Kinderschuhen.

Ich schrieb den Brief und Wochen später bekam ich eine gute Antwort. Der Direktor selber hatte mir geschrieben und mitgeteilt, ich wäre sicher ein guter Sänger. Leider aber sei ich kein Wiener, und der müsse man sein, um bei den Wiener Sängerknaben mitsingen zu dürfen. Die Enttäuschung hielt sich durch die liebe Art des Briefes in Grenzen. Sie entmutigte mich nicht, weil sie etwas klarstellte. Ich singe noch immer gerne, auch wenn es nicht in einem bedeutenden Chor ist.

Inzwischen habe ich Bücher geschrieben. Sie werden gekauft und helfen den Lesern ihre Ängste zu überwinden und Mut zu finden, ihr Potenzial zu leben. Ich habe Menschen ermutigt, ihr eigenes Potential zu entdecken, um damit ihr Leben glücklich zu gestalten. Ich bin kein reicher Mann geworden, aber glücklich bin ich. Leben, was in mir steckt. Etwas Besseres kann man nicht tun.‘

Fang damit an Raphael. Es ist nie zu spät, das Richtige zu tun! Suche dir einen Menschen, mit dem du sprechen kannst und der dich ermutigt, auf Gott zu hören, noch hast du nicht wirklich etwas versäumt. Hab Mut, die Zäune und Berge zu überwinden, die dich vom Zugriff auf deinen ‚Tresor‘ abhalten wollen. Wir brauchen einander, um vorwärtszukommen. Wer das volle Potenzial seiner eigenen Möglichkeiten ausschöpfen will, braucht den anderen. Das verstehe ich unter einem kooperativen, fruchtbaren Leben. Übrigens, auch dieser Hinweis steht schon in der Bibel: Dienet einander, ein jeder mit der Gabe, die er empfangen hat.“

„Ja, das ist es, was ich möchte. Anderen mit dem zu dienen, was in mir steckt.“ „Eigentlich ist es doch schade“, sagte Deborah, „dass die Christen einen so schlechten Ruf haben. Was haben sie falsch gemacht?“ „Vielleicht orientieren sie sich an falschen Glaubensinhalten“, entgegnete Raphael. „Wenn ich höre, was du aus der Bibel zitierst, dann sehe ich, dass alles, was von Gott kommt, gut ist.“ „Ja, so sehe ich das auch. Das Schlechte produzieren wir selber und neigen schnell dazu, Gott für unser

Verhalten verantwortlich zu machen. Es wäre doch viel besser, Gott zu fragen, was wir machen sollten, damit es gut und richtig wird." „Jetzt habe ich die Botschaft verstanden", freute sich Raphael. „Wie kann ich lernen, auf Gott zu hören?"

*****

Claudia ging direkt in den Speisewagen und nahm an einem Zweiertisch in Fahrtrichtung Platz. Sie schaute aus dem Fenster, und als sie das Gewirr der Schienen hinter sich ließ und in Richtung Untertürkheim fuhr, blickte sie auf die Stuttgarter Weinberge. Es ist eine Ewigkeit her, dass sie den Zug genommen hatte und wunderte sich, warum sie das nicht öfter tat. Wenn sie Johannes in München besuchten, waren sie grundsätzlich mit dem Auto gefahren.

Das angenehme, rollende Geräusch des Speisewagens brachte sie ein wenig zur Ruhe. Sie dachte an Johannes. Er war ihr immer schon ein klein wenig näher als die zwei anderen Jungs. Nicht, dass sie Raphael und Felix nicht auch liebte. Nein, Johannes war nur ein kleines Stück näher an ihrem Herzen. Manchmal machte sie sich Sorgen um ihn, weil er sich kaum Zeit für sich selber nahm und nur am Lernen war. Aber sie war früher genauso gewesen. Als sie einmal fast nicht mehr konnte, hatte sie ein gutes Gespräch mit ihrer Seelsorgerin. Sie war anglikanische Franziskanerin, stand ihrer Gemeinschaft vor und bekam die Priesterweihe als eine der ersten Frauen in der anglikanischen Kirche. Zweimal im Jahr flog sie zu ihr. Sie landete in Stansted und fuhr von dort mit dem Bus bis Sherborne Abbey. Dort wurde sie immer abgeholt.

‚Mother Elizabeth' war eine sehr feinfühlige, emphatische Frau. Sie hatte ein weites Herz und immer ein gutes Wort für Menschen, die anders glaubten als sie selber. *Wenn man die Menschen verurteilt, die anders denken und glauben als wir, werden wir sie niemals gewinnen können. Gewinnen können wir die Menschen nur, wenn wir sie lieben, und lieben heißt an erster Stelle, dass man sie wertschätzt und ihnen zuhört,* hörte sie sie in Gedanken sagen.

Mother Elizabeth, wie seltsam, dachte Claudia. *In der vergangenen Nacht hat Deborah mich besucht. Ihre Art und ihr Reden tat mir gut, und jetzt weiß ich plötzlich, an wen sie mich erinnert. Sie haben äußerlich zwar keine Ähnlichkeit, aber ihre Seelenverwandtschaft lässt sich nicht leugnen.* Claudia erinnerte sich sehr gut an ein Gespräch in England, als sie von ihrem Getriebensein erzählte. Damals fragte Mother Elizabeth sie, ob sie die Geschichte der Bärenraupe kenne. Sie kannte sie nicht und Elizabeth las sie ihr vor:

Keine Chance.
Sechs Meter Asphalt.
Zwanzig Autos in einer Minute.
Fünf Laster. Ein Schlepper. Ein Pferdefuhrwerk.
Die Bärenraupe weiß nichts von Autos.
Sie weiß nicht, wie breit der Asphalt ist.
Weiß nichts von Fußgängern, Radfahrern, Mopeds.
Die Bärenraupe weiß nur,
dass jenseits Grün wächst.
Herrliches Grün,
vermutlich fressbar.
Sie hat Lust auf Grün. Man müsste hinüber.
Keine Chance.
Sechs Meter Asphalt.
Sie geht los auf Stummelfüßen.
Zwanzig Autos in der Minute.
Geht los ohne Hast. Ohne Furcht. Ohne Taktik.
Fünf Laster. Ein Schlepper. Ein Pferdefuhrwerk.
Geht los und geht und geht und kommt an.[9]

Die Bärenraupe hatte offensichtlich ein Ziel. Da wollte sie hin und dafür nahm sie alles auf sich, was sich ihr auf dem Weg dorthin in den Weg stellte. Sie sah die saftige Wiese, sah das Grün und spürte in sich selber, dass es das war, was sie jetzt brauchte. Dann ging sie los. Sie konnte nicht rennen, konnte keine taktischen Überlegungen machen, brauchte nur den Mut loszugehen, um anzukommen.

---

[9] Verfasser unbekannt.

„Weißt du Claudia“, sagte sie damals, „die Raupe ging langsam. Schritt für Schritt. Das war ihre Kraft. Du rennst zu schnell und das macht dich müde. Die Schnelligkeit um dich herum, die Bedrohungen und Gefahren, Herausforderungen und der viele Stoff, den du lernen musst, dass alles geht viel zu schnell. Entschleunigen tun wir nicht dadurch, dass wir gar nichts mehr machen, sondern dadurch, dass wir das, was wir machen, in Ruhe tun. Unsere Seele braucht Zeit zum Atmen, und unser Geist braucht einen Ort, wo er abschalten kann, um nicht ständig volle Leistung zu bringen. Gönnen Sie sich immer wieder eine kleine Auszeit. Sie werden sehen, damit kommen Sie weiter und ans Ziel, wie unsere kleine Bärenraupe.“

Claudias Handy klingelte und gleichzeitig stand auch der Kellner des Speisewagens vor ihr: „Was darf ich Ihnen bringen?“ „Einen Milchkaffee bitte.“ Das Handy klingelte immer noch, und der Kellner fragte weiter: „Darf es sonst noch etwas sein?“ Claudia suchte das Handy aus in ihrer Tasche und sah auf dem Display Peter. „Nein danke“, erwiderte sie dem Kellner und drückte auf die grüne Taste. „Hallo Peter, ich sitze im ICE und bin auf dem Weg nach München.“ „Johannes geht es wieder schlechter. Er hat hohes Fieber, und ich bin froh, dass du kommst.“ „Warum hat er Fieber?“ „Professor Kehlheimer sagte mir, er habe eine Blutvergiftung, die von seinem offenen Bruch am rechten Bein ausginge.“ „Ich wünschte ich wäre schon dort. Wahrscheinlich tun sie alles, um Johannes zu helfen. Bitte bleib bei ihm, damit er spürt, dass er nicht alleine ist.“ „Ja, das mache ich. Tobias und ich sitzen an seinem Bett. Ich bin froh, dass Tobias hier ist. Er hat eine beruhigende Wirkung auf die ganze Angelegenheit. Du wirst ihn kennenlernen und ihn mögen.“ „Wie hoch ist das Fieber?“ „Über 40 Grad.“ „Das ist nicht gut. Der Körper muss schwer kämpfen, um den Feind zu bezwingen.“ „Professor Kehlheimer hat alles mobilisiert, damit Johannes die beste Pflege bekommt.“

„Wenn ich am Hauptbahnhof ankomme, nehme ich gleich ein Taxi. Sag Johannes einen lieben Gruß und ich sei auf dem Weg zu ihm.“ „Mach‘ ich, aber ich habe den Eindruck, dass er gerade in einer anderen Welt ist. Ich bin so froh, dass du kommst.“

„Wenn es Johannes wieder besser geht, müssen wir unbedingt miteinander reden. Ich glaube, ich habe in dieser Nacht mehr gelernt als in meinem ganzen Leben vorher.“ „So ähnlich geht es mir auch, aber jetzt geht es erst einmal um Johannes. Ich wünsche dir noch eine gute Fahrt. Wenn sich etwas verändert, soll ich dich noch einmal anrufen?“ „Ja, bitte, unbedingt. Bis nachher – und danke, Peter, dass du dort bist.“ Dann legte sie auf und Tränen liefen ihr über die Wangen. Der Kellner stellte den Milchkaffee auf den Tisch. „Danke, haben Sie vielleicht auch einen Cognac?“ „Ja, natürlich.“ Er sah ihre Tränen und sagte: „Der Cognac wird ihnen nicht helfen, aber er tut fürs erste gut. Ich bringe Ihnen gerne einen.“

*****

Tarek und Felix ging es gut im „Philosoph“. Langsam nahm die Zahl der Gäste ab. Da der Philosoph jede Nacht bis 4.00 Uhr morgens geöffnet war, hatten sie keine Eile. „Falls du genaue Informationen über meine Heimat haben möchtest, schau doch mal bei Wikipedia rein. Besser kann ich es dir auch nicht erzählen. Was du da aber nicht findest, ist die spannende Geschichte des Juden Paulus, der in Damaskus die Juden, die zum Christentum konvertierten, verfolgte. Er wollte sie nach Jerusalem bringen, damit sie dort verurteilt würden. Die christliche Gemeinde in meiner Heimat Syrien ist eine der ältesten christlichen Gemeinschaften der Welt.“

„Irgendwie hat das was“, sinnierte Felix vor sich hin. „Aber die Zeit bleibt nicht stehen, man muss weitergehen, ob man will oder nicht.“ „In gewisser Weise hast du recht, aber Tradition hat auch einen wichtigen Stellenwert in unserem Leben. Sie zeigt uns ein wenig davon, wie alles begonnen hat. Und ob du es glaubst oder nicht: Tradition lebt von der Veränderung, sonst ist sie tot.“

Felix’ Handy klingelte. Er schaute erschrocken zu Tarek. „Wer ruft mich so spät am Abend noch an?“ „Geh ran, dann weißt du es“, sagte Tarek lachend. Felix schaute auf sein Handy und stellte erstaunt fest: „Es ist mein Vater.“ Dann tippte er auf die grüne

Taste und begann ganz erwartungsvoll: „Hallo Papa, das ist aber eine schöne Überraschung, dass du mich anrufst." „Wie geht es dir Felix? Hast du dich etwas von deinem Liebeskummer erholt?" „Wenn ich nicht dran denke, geht's. Jetzt, wo du es erwähnst, tut es wieder weh."

„Oh, das wollte ich nicht. Sorry. Ich rufe dich von München aus an. Johannes hatte einen schweren Fahrradunfall und liegt in der ‚Uniklinik rechts der Isar' in München. Es geht ihm gar nicht gut. Er hat ein Schädel-Hirn-Trauma, drei Rippen gebrochen und einen offenen Bruch unterhalb des rechten Knies. Der Bruch scheint sich entzündet zu haben und hat eine Blutvergiftung hervorgerufen. Ich sitze hier mit meinem Freund an seinem Bett, Mama ist mit dem Zug hierher unterwegs und Raphael ist in Stuttgart."

„Ist Johannes in guten Händen?" „In den besten. Trotzdem steigt sein Fieber, und die Ärzte machen sich große Sorgen. Sie tun alles, um die Blutvergiftung einzudämmen und zu heilen, aber im Augenblick scheint es noch nicht wirklich zu helfen." „Gut, dass Mama kommt. Sie wird sicher für Johannes beten. Hat sie damals ja auch bei Raphael gemacht und ein Wunder bewirkt." „Ja, ich bin auch froh, dass Mama kommt."

„Was soll ich machen, Papa? Soll ich auch kommen?" „Natürlich kannst du jederzeit kommen, aber im Augenblick halte ich es nicht für notwendig. Wir können nichts tun, als warten und hoffen, dass die Ärzte einen guten Job machen. Ich würde sagen, bleib erst einmal in Wien. Wenn sich etwas verändert, rufe ich dich an. Du kannst dann ein Flugzeug nehmen und kommen. Ich zahle den Flug. Mach dir da keine Sorgen, ich halte dich auf dem Laufenden."

„Danke Papa. Sag Mama einen lieben Gruß. Ich denke an euch und liebe euch!" „Das weiß ich, Felix, das tut mir und uns auch immer gut, dass du an uns denkst." Dann legten sie auf und Felix erzählte Tarek was los war.

„Felix, darf ich auch für deinen Bruder beten?" „Natürlich, beten kann nicht schaden." „Nein, das ist unsere beste Medizin. Du wirst sehen, Gott lässt sich bewegen!" „Dann beweg ihn mal", lächelte Felix zurück.

Ohne abzuwarten legte Tarek seinen Arm um Felix und fing für seinen Bruder an zu beten. Es machte ihm nichts aus, dass noch andere Gäste im Philosoph waren. Er betete leise, aber laut genug, dass Felix alles verstehen konnte. Als er Amen gesagt hatte, sagte Felix: „Danke Tarek, so etwas habe ich noch nicht erlebt." „Ich weiß nicht, warum man ums Beten so ein Geheimnis macht. Wir rufen doch auch den Kellner, wenn wir etwas wollen und gehen dazu nicht in ein stilles Kämmerlein." Felix musste lachen. „Du bist schon ein ganz besonderer Mensch Tarek. Es ist mir eine besondere Ehre, dich zu kennen."

*****

Nachdem Peter Claudia angerufen hatte und dabei ein gutes Gefühl bekam, fragte er Tobias: „Was denkst du, ist das größte Problem zwischen Claudia und mir? Ich gebe zu, du weißt noch nicht viel über uns, aber auf der anderen Seite habe ich auch noch niemandem so viel von mir und meiner Beziehung zu meiner Frau erzählt wie dir."

Tobias schaute ihn an und sagte: „Ihr wollt beide immer recht haben, was durch eure herausfordernden Berufe nur natürlich ist. Aber so funktioniert das nicht. Du musst versuchen, Claudia zu verstehen, nicht gleich reagieren und alles besser wissen." „Aber das ist doch bei ihr genauso", entgegnete Peter mit erhobener Stimme.

„Ja, und dann kommen nur noch Du-Botschaften und mit jeder dieser Du-Botschaften steigert sich die Eskalationsspirale. Man schreit sich an, obschon man weiß, dass das nichts bringt." „Du hast recht, aber was kann man da machen?"

„Ich-Botschaften sind die Lösung." „Kannst du mir das so erklären, dass es ein Normalbürger wie ich verstehe?" „Ich gebe dir jetzt eine kurze Einführung, aber das Eigentliche ist das nächste Gespräch, wenn du mit Claudia wieder streiten willst." Tobias lachte. „Es hört sich kompliziert an und ist es in gewisser Weise auch. Aber alles, was am Anfang schwer ist, wird in der Anwendung und Übung immer leichter." „Okay, schieß los, ich bin gespannt!"

„In der Du-Botschaft verbirgt sich Tadel, Vorwurf, Schuldzuweisung; das Problem an der angespannten Situation sieht man allein beim anderen.“ „Genauso ist es. Eigentlich sehe ich Claudia immer als die Schuldige. Sorry, ich habe dich unterbrochen.“

„In der Regel reagiert niemand auf eine Du-Botschaft kooperativ. Ganz im Gegenteil. Eine Du-Botschaft wird meistens in einem erregten, lauten Ton vorgebracht. Der Angesprochene hört nur Kritik, Abwertung und Ablehnung und spürt die Schuldzuweisung, fühlt sich bestraft und empfindet sein Gegenüber als Besserwisser.“ „Ja, das sagt Claudia oft zu mir. Ich sei ein unbelehrbarer Besserwisser. Dabei empfinde ich das bei ihr viel stärker!“

„Schuldzuweisungen fordern zum Gegenangriff heraus. Dieser Angriff kann ganz leise sein und sich in Schweigen oder emotionalem Rückzug ausdrücken. Damit ist dann ein lösungsorientiertes Gespräch vorbei. Naturgemäß führen solche Gespräche zu weiteren Du-Botschaften. Du kennst das sicher: ‚Nie machst du‘ und ‚Das ist ja mal wieder typisch für dich!‘ oder ‚Immer sagst du‘. Damit landet ihr in einer weiteren Eskalationsrunde.“ „Oh, wie recht du schon wieder hast.“

„Da ihr am Konflikt aber beide beteiligt seid, braucht ihr einen anderen Weg, um den ‚Dampf‘ abzulassen. Dazu helfen die Ich-Botschaften.“ „Das hört sich für mich alles sehr plausibel an.“ „Ist es auch, aber es wird viel zu wenig bedacht, wenn zwei miteinander streiten. Aber lass mich dir noch kurz ein paar Beispiele von Du-Botschaften sagen, an denen du sehr leicht erkennen kannst, warum sie zum Streit führen:

‚Nie kann ich mich auf dich verlassen.‘

‚Du bist nie pünktlich!‘

‚Du versetzt mich in Angst und Schrecken, wenn du dich nicht meldest!‘

‚Du machst nie das Licht aus und übergehst meine Bitten!‘

‚Wenn wir zusammen im Auto sitzen, habe ich immer das Gefühl, dass ich dir total egal bin!‘

‚Du hilfst mir nie im Haushalt und lässt mich alles alleine machen. Ich muss auch den ganzen Tag arbeiten, aber das scheint dir egal zu sein, Hauptsache du hast deine Ruhe!‘“

„Hast du schon mal bei uns an der Tür gelauscht, wenn es hoch hergeht?“

„Man braucht nicht viel Fantasie dazu; das sind die typischen Du-Botschaften in einer Ehe. Du-Botschaften machen das Gegenüber hilflos oder erregen in ihm den aggressiven Widerspruch.“

„Eigentlich müsste ich dich jetzt für dieses Privatseminar bezahlen. Ich sehe aber, dass deine Tasse leer ist.“ Sie saßen noch immer in der Cafeteria in der Klinik. „Darf ich dich noch zu einem Glas Wein einladen? Wir müssen uns sowieso ein Hotel in der Stadt nehmen. Ich will auf keinen Fall mehr nach Hause fahren, und wenn Claudia kommt, will sie sicher auch bleiben.“ „Ja, dann nehme ich gerne einen Aperol, falls sie den hier haben.“ Peter ging zur Bedienung und fragte nach. „Ja, sie haben Aperol und bringen jedem von uns einen. Aber nun bin ich auf die Ich-Botschaft gespannt.“

„Die Formulierung von Ich-Botschaften ist für jeden zuerst eine große Herausforderung. Ich muss Nachdenken, bevor ich meine Formulierung gefunden habe. Am Anfang scheint das unmöglich zu sein, aber es ist millionenfach gelungen und wird auch euch gelingen, wenn ihr den Mut habt, etwas Neues auszuprobieren.“ „Das will ich. Ich bin wild entschlossen etwas für meine Ehe zu tun. Claudia ist es mir mehr wert, als es vielleicht aussieht!“

„Das freut mich, Peter. Im Unterschied zu der Du-Botschaft spiegelst du Claudia, wie ihr Verhalten auf dich wirkt. Das gute an der Ich-Botschaft ist, dass es Claudia nicht in einen Rechtfertigungsmodus versetzt. Wenn du bei dir bleibst, dann verurteilst du sie nicht. Sie spürt auch keinen Angriff oder eine Zurechtweisung. Umgekehrt ist das natürlich bei dir genauso. Damit ist schon ein guter Start zur Klärung des Konfliktes geschafft. Das ‚Kunststück‘ ist die Fähigkeit, Claudia deine Sichtweise so zu vermitteln, dass sie deine subjektive Wahrnehmung verspürt. Damit gibst du ihr die Freiheit, Kritik anzunehmen oder auch nicht. In der Ich-Botschaft ist es günstig, wenn du eine Begründung für das erlebte Gefühl erkennen lässt. So fällt es euch leichter, eine sachliche Diskussion zu führen.“

„Das macht echt Sinn, aber ich spüre schon jetzt, dass ich das lange trainieren muss.“ „Noch ganz kurz als Ergänzung: Grundlage der Ich-Botschaft, die der US-amerikanische Psychologe Thomas Gordon als ‚I-Message‘ erkannt hat, ist die Selbstoffenbarung. Die Kurzformel der Selbstoffenbarung ist: ‚Ich war's!‘ Das ist revolutionär. Das öffnet die Tür zum Herzen des Gegenübers. Damit fällt jede angriffslustige Bereitschaft, den anderen niederzumachen. Kürzlich hatte ich ein Gespräch mit einem promovierten Wirtschaftspsychologen. Ich fragte ihn, was er mache, wenn er einen Konflikt mit seiner Frau habe. ‚Oh‘, sagte er, ‚das ist ganz schwierig! Plötzlich sind alle Zugänge zu den angelegten Ressourcen verschlossen. Man hat keinen Zugang mehr zu dem, was man alles weiß, bis zu dem Augenblick wo einer sagt: ‚Sorry, ich habe einen Fehler gemacht!‘ Glaub mir Peter, das Geheimnis der Selbstoffenbarung ist die offene Tür zur Lösung eines Konfliktes.“

*****

„Auf Gottes Stimme zu hören scheint für manche Christen und natürlich für Menschen, die nur eine vage Vermutung von Gott haben, ziemlich ungewöhnlich. Die erste Voraussetzung, um Gott wahrzunehmen ist, dass man sich ihm zuwendet. Er hat einmal gesagt: ‚Wer mich sucht, von dem lasse ich mich finden.‘[10] So einfach ist das, Raphael. Was im Leben wirklich zählt, ist das Wissen um den richtigen Weg. Wir alle haben Fähigkeiten. Die Christen nennen das Gaben. Egal wie du es nennst, es sind die verborgenen Möglichkeiten, ein gutes Leben zu leben. Unter gut verstehe ich nicht reich und unabhängig. Das wäre vollkommen verkehrt. Unter gut verstehe ich arm und abhängig.“

Jetzt schaute Raphael erschrocken zu Deborah. „Wer will schon arm und abhängig sein?“ „Im Grunde niemand“, antwortete Deborah, „aber unser Leben funktioniert so, wenn es gut werden soll. Wir brauchen einander. Wir sind voneinander abhängig, weil keiner von uns alles hat. Nur wer in der Lage ist,

[10] Jeremia 29,13.

seinen Teil, den er kennt, beizutragen, der wird glücklich, weil er darin zugleich auch den eigenen Mangel wahrnimmt."

„Das macht Sinn", dachte Raphael halblaut nach.

„Wenn du Gott hören möchtest, dann mach doch jeden Tag einen Spaziergang. Bewegung ist immer gut und passt zum Menschsein. Auf dem Spaziergang nimmst du die Hälfte deiner Zeit und sagst Gott, was dich bewegt. Deine Not, deine Freude, deine Sehnsucht und alles, was dir einfällt. Sag es laut. Du musst es nicht schreien, aber so, dass du es selber mit deinen Ohren hören kannst. Nach der Hälfte der Zeit drehst du um und bittest Gott auf das, was du ihm gesagt hast, zu antworten. Du wirst sehen, das funktioniert. Und wenn du denkst, du nimmst nur deine eigenen Gedanken wahr, dann wirst du bald merken, was von dir und was von Gott ist. Versuch es, denn es gibt nichts Gutes, außer man tut es. So hat es Erich Kästner schon gesagt."

Inzwischen war es wieder Nacht geworden und Deborah stand auf, um sich zu verabschieden. „Kann ich dich irgendwohin fahren?", fragte Raphael. „Nein, danke, ich habe es nicht weit." „Du wolltest mir für Mama noch deine Nummer geben." „Ach ja, hast du etwas zum Schreiben?" „Ich tippe die Nummer in mein Handy ein." „00351-5015-103" Dann brachte Raphael Deborah zur Tür. Sie gab Raphael eine herzliche Umarmung und ging dann die Straße entlang, bis er sie nicht mehr sehen konnte.

Was für eine Begegnung. Ich hätte noch Stunden mit ihr reden können. Vielleicht nehme ich ihr Angebot an und besuche sie in Portugal. Wie heißt sie übrigens mit Nachnamen? Ich glaube sie hat es nicht erwähnt, dachte Raphael und ging zurück ins Haus.

*****

Der ICE fuhr auf Gleis 1 ein. Claudia stand schon am Ausgang, als der Zug hielt. Sie ging so schnell, wie es ihr möglich war, um ein Taxi zu bekommen. „Fahren Sie mich bitte zum Klinikum rechts der Isar, und wenn Sie wissen, wo die Intensivstation ist, wäre ich ihnen dankbar, wenn Sie mich so nah wie möglich dorthin fahren könnten.“ „Kein Problem, ich kenne mich aus“, war die freundliche Antwort des Taxifahrers. Bei der Notaufnahme stieg Claudia aus, gab dem Taxifahrer siebzehn Euro und sagte, der Rest sei Trinkgeld. Endlich war sie auf der Intensivstation. Erst hier wurde ihr klar, dass sie ganz vergessen hatte, Peter eine Nachricht zu geben, dass sie angekommen war. Sie wählte seine Nummer, und als er abhob, sagte sie: „Ich bin schon auf der Intensivstation. Kannst du kommen?“ „Ja, natürlich, ich komme sofort.“ „Ich bleibe hier in der Cafeteria“, schlug Tobias vor. „Wenn ihr mich braucht, komme ich sofort.“ „Danke Tobias, ich informiere dich, sobald es möglich ist.“

Auf der Intensivstation ließ Claudia sich von Peter in den Arm nehmen. „Es tut mir leid, dass es wieder so lief, wie schon so oft. Ich bin ein Esel. Aber jetzt lass uns erst einmal zu Johannes gehen.“ Claudia schaute Peter an und gab ihm einen Kuss. „Schön, dass du da bist. Ich habe auch Fehler gemacht. Es tut mir leid. Es war eine Nacht, die ich nicht vergessen werde.“ „Ich auch nicht!“ Dann gingen sie zu einer Krankenschwester, sagten ihr, wer sie seien, und dass sie Johannes sehen möchten.

„Ich bringe Sie hin. Es geht ihm leider nicht gut, aber wir versuchen unser Bestes, um ihm zu helfen.“ „Ja, das glaube ich“, sagte Claudia. Ich bin Oberärztin in einer Klinik in Stuttgart und weiß, wie sehr man sich um das Leben der Menschen auf der Intensivstation bemüht. Danke, dass Sie für Johannes alles tun.“ „Ich werde Dr. Nasrim Bescheid sagen, dass Sie hier sind. Ich glaube, er möchte mit Ihnen sprechen.“ „Das ist sehr lieb. Danke!“

Johannes’ Fieber war noch einmal beängstigend gestiegen. Alle medizinischen Möglichkeiten schienen nicht anzuschlagen. Claudia ging auf ihren Sohn zu und gab ihm einen Kuss auf die Stirn. Dann legte sie ihm die Hände auf und betete für ihren Sohn.

Dr. Nasrim kam und begrüßte Johannes’ Eltern. Er erklärte Claudia alles, und da es viele medizinische Ausdrücke waren, kam Peter sich etwas verlassen vor. Er wollte sich anschließend von Claudia alles erklären lassen. Am Ende des Gespräches sagte Claudia zu Dr. Nasrim: „Die Bedeutung von ‚Johannes‘ ist

‚Gott ist gnädig'. Daran halte ich fest, daran halten wir fest und glauben, dass am Ende alles gut wird." „Schön, dass Sie so einen Glauben haben. Ich bin ein säkularer Moslem, aber ich bewundere jeden Menschen, der eine lebendige Beziehung zu Gott hat."

Dann ging er und Claudia und Peter setzten sich an Johannes' Bett. Mit verweinten Augen sagte Claudia zu Peter: „Ich möchte ihn nicht verlieren!" Peter nahm Claudias Hand, schaute sie liebevoll an und sagte: „Wir haben alles für unsere Jungs getan, haben ihnen eine gute Ausbildung ermöglicht und durften erleben, wie gut sie mit ihrem Leben umgegangen sind. Ich glaube, Johannes wird es schaffen und ein guter Arzt werden. Mindestens so gut, wie du eine Ärztin bist. Er hat so viel von dir."

Claudia lächelte ihren Mann an. „Ich bin für alles dankbar und habe großes Vertrauen, dass Gott Johannes heilen wird. Entweder durch ein Wunder oder durch das, was die Medizin kann. Ich weiß, dass die Medizin nur einen Teil zur Heilung beiträgt. Wie immer Gott auch wirken wird, er macht es richtig."

„Du warst mir und den Kindern immer ein großes Vorbild durch deinen Glauben. Als Medizinerin weißt du mehr als ich. Du weißt, was die Wissenschaft alles zuwege bringt und doch steht Gott für dich über allem."

Er nahm seine Frau in den Arm, und Claudia spürte seine wohltuende Nähe. Dann saßen sie lange still an Johannes' Bett, feuchteten seine Lippen an, wischten ihm den Schweiß von der Stirn, und als sie sahen, dass er in einen tiefen, erholsamen Schlaf glitt, verließen sie nach zwei Stunden mit Tobias die Klinik. Peter hatte zwischendurch im ‚Motel One' zwei Zimmer reserviert. Sie parkten den Wagen und setzten sich in die Lobby. „Wollen wir gleich ins Bett gehen oder noch etwas trinken?" „Ich könnte noch einen Schlaftrunk gebrauchen", sagte Claudia. „Okay, das hört sich gut an."

Der Kellner brachte den gewünschten *Martell Cordon Blue* für Claudia, einen Aperol für Tobias und einen Whisky *Glenlivet Livet Single Cask* für Peter. „Nun bin ich aber gespannt, wer Tobias ist", sagte Claudia. Peter erzählte ihr, wie sie sich kennengelernt hatten und dass er noch niemals einen Menschen getroffen habe, dem er sich so geöffnet habe, auch hätte er sich niemals vorstellen können, in einer einzigen Nacht so viel lernen zu können. „Das ehrt mich, Peter", sagte Tobias. Dabei erhob er sein Glas und prostete den beiden zu. „Mir ist es ähnlich gegangen." Dann erzählte Claudia von ihrem Besuch von Deborah. „Sie hat hoffentlich Raphael ihre Nummer gegeben, damit ich den Kontakt zu ihr nicht verliere."

Als sie am nächsten Morgen in den Frühstücksraum kamen, gab ihnen die Bedienung ein Couvert. Peter öffnete es und las: „Sorry, dass wir uns nicht mehr gesehen haben, aber ich musste fort. Ich hoffe, mit Johannes wird alles gut und ihr werdet eure Ehe von jetzt an geschickter führen. Alles Gute! Tobias." Keine Telefonnummer, keine Adresse. Einfach weg. „Schade", sagte Peter, „aber ich weiß das er Kriminaler in Stuttgart ist und Gerloff heißt. Ich werde ihn finden."

*****

Claudia und Peter fuhren wieder in die Klinik. In dieser Nacht hatte sich Johannes' Gesundheitszustand leicht gebessert. Das Fieber war gesunken und Johannes wieder ansprechbar. „Du machst Sachen, Johannes", sagte seine Mutter zu ihm. „Wir sind froh, dass es dir schon wieder etwas besser geht. Wir sind auch sehr dankbar, dass du hier in guten Händen bist. Hast du einen Wunsch, den wir dir hier erfüllen können?" Johannes schaute seine Eltern an und mit einem schwachen Lächeln sagte er: „Bringt mir ein Bier, ich habe schrecklichen Durst." „Den Wunsch können wir dir leider nicht erfüllen, aber gutes Wasser tut es vielleicht auch, oder?", sagte Claudia und ihr kamen wieder die Tränen.

Gegen Mittag verabschiedeten sich die Eltern und fuhren nach Stuttgart zurück. Dort empfing sie Raphael an der Tür. „Wie geht es ihm?" „Besser", hörte er von seinem Vater. „Lass uns reingehen, dann erzählen wir dir, wie es aussieht." In dem Moment läutete das Telefon. Peter ging ran und freute sich über den Anruf von Felix. „Ja, es ist vollkommen okay, wenn du kommst. Hast du denn Zeit?" „Ich habe mir eine Woche Auszeit erbeten. Mein Dozent hatte volles Verständnis dafür und freut sich, wenn ich mit neuer Kraft und neuem Mut zurückkomme. Durch Dr. Rosenbaum und Tarek habe ich so viel Ermutigendes gehört. Ich glaube, es geht mir jetzt wirklich besser. Die Liebe ist wirklich ein seltsames Spiel – sie kann einen Menschen innerhalb von ein paar Minuten in den siebten Himmel heben oder in die Verzweiflung treiben. Das ist nicht leicht zu verkraften. Ich freue mich auf euch. Morgen Abend bin ich bei euch." Sie legten auf.

Raphael stand die ganze Zeit daneben, nun meldete er sich zu Wort: „Ich werde mal im Internet nachschauen, wie ich die Zukunft meines Lebens gestalten kann. Alles Zögern bringt nichts. Unser stärkster Gegner, um Entscheidungen zu treffen, ist der Zweifel, und den überwindet man am besten, wenn man erst einmal tut, was man tun möchte, um die Zukunft zu gestalten. Dann sieht man schon, ob es was wird." „Wow", bemerkte Claudia erstaunt, „ich sehe, du hattest ein gutes Gespräch mit Deborah."

*****

Als Peter und Claudia alleine waren, erzählten sie sich gegenseitig von ihren Begegnungen mit Deborah und Tobias. Erst spät am Abend gingen sie hoffnungsvoll ins Bett. Sie liebten sich wie am ersten Tag ihrer Ehe.

*****

Johannes wurde vier Wochen später geheilt aus der Klinik entlassen. Die Schale an seinem rechten Bein musste er noch zwei weitere Wochen tragen. Noch immer schmerzten die Rippen beim Atmen, aber das würde sich schon wieder geben. Felix war wieder in Wien und Raphael hatte sich in der Schule für Physiotherapie angemeldet und war voller Erwartung auf die neue Herausforderung.

*****

Alles war wieder „normal“, bis Claudia sagte: „Ich rufe jetzt mal bei Deborah an. Fast hätte ich sie vergessen.“ Sie wählte die Nummer und bekam zur Antwort: „Diese Nummer ist uns nicht bekannt.“ Raphael recherchierte im Internet, aber auch in Apúlia in Portugal fand er keinerlei Hinweise auf eine Heilpraktiker-Praxis für Physiotherapie und Osteopathie. Alle Versuche, Deborah aufzuspüren blieben ohne Erfolg. Peter rief bei der Polizeidirektion in Stuttgart an und fragte nach einem Kriminaldirektor Gerloff. „Tut mir leid“, sagte die Stimme am Telefon. Bei uns gibt es keinen Kriminaldirektor Gerloff. Sind Sie sicher, dass er bei uns in Stuttgart arbeitet?“ „Nein, ich bin mir nicht sicher. Ich bin mir im Augenblick über gar nichts mehr sicher.“ Claudia und Peter schauten sich an und lächelten. Und wie aus einem Mund sagten sie: „Interessant!“

Anhang: Zusammenfassung der Inhalte

In diesem Buch habe ich die drei Beziehungskiller verarbeitet, die in jeder Beziehung ihre zerstörerische Macht zeigen. Sowohl in der Einzelberatung als auch in der Eheberatung habe ich erlebt, dass viele Menschen mit diesen „Killern“ Erfahrungen haben und sehr darunter leiden. Oft genug kommt es dadurch zum Abbruch der Beziehung, weil weder Beleidigtsein noch Selbstmitleid noch Resignation eine lebensfördernde Kraft haben.

Der Abbruch muss nicht unbedingt die äußere Trennung zur Folge haben. Viele halten die Beziehung trotzdem aufrecht, weil sie sich vor dem Alleinsein fürchten. Dieses Miteinander ist durch stilles Aushalten und inneres Abstumpfen geprägt. Eine nicht sehr lebensbejahende Situation.

Beleidigt zu sein ist zuerst eine kindliche Reaktion. Erst als Erwachsener reagiere ich bewusst darauf und erkenne, dass ich damit eine imaginäre Mauer aufbaue, hinter der sich meine beleidigte Seele versteckt. Dort warte ich darauf, dass der, der vor der Mauer steht, das Problem löst. Er kann das Problem aber nicht lösen, weil nur der, der sich hinter der Mauer versteckt hat, das Problem lösen kann. Die Lösung ist leichter, als man vermutet. Haben Sie den Mut, den Schutz der Mauer zu verlassen, und stellen Sie sich der Situation, die durch den Konflikt entstanden ist. Helfen Sie mit, eine Lösung aus dem Dilemma zu finden, in das Sie miteinander geraten sind. An einem Konflikt sind immer alle beteiligt. Jeder hat seinen Anteil am Problem. Stehen Sie zu Ihrem Anteil und haben Sie Mut, die Mauer des Schweigens einzureißen. Nur so finden Sie eine Lösung, die zur Versöhnung führt. Wenn man sich verweigert, beleidigt zu sein, sieht man in der Regel schneller eine Möglichkeit, den Konflikt zu lösen.

Selbstmitleid, so sagt es der Protagonist Tobias im Buch, verschleiert den Blick nach außen! Im Selbstmitleid ist der Betroffene in sich selbst gefangen und leidet an seinem Schmerz, den er nicht haben müsste. Solange er sich als Opfer fühlt, seine Situation bedauert, bleibt er im Gefängnis seiner selbst. Auch hier scheint die Lösung viel einfacher, als man annimmt. Der Betroffene muss aus seinem „Gully“ heraussteigen und seinen Beitrag leisten, eine Lösung des Konfliktes zu finden. Manchmal trifft es jemanden hart in einer Beziehung. Das „Lecken“ der eigenen Wunde bringt keine Heilung. Besser ist es, danach zu schauen, was ich zur Lösung beitragen kann. Auch hier gilt es wieder, den eigenen Anteil zu erkennen, der zum Konflikt geführt hat. Für diesen Anteil kann ich mich entschuldigen oder vielleicht sogar um Vergebung bitten.

In meinem Buch *Der Elefant und das Trampolin* habe ich von einer Studie der Harvard Universität geschrieben, die belegt, dass gute Beziehungen das Leben verlängern und den Menschen gesund erhält. Heute weiß man, dass Versöhnung der Schlüssel zu einer guten Beziehung ist. Kein Mensch kann glücklich leben, wenn ihm nicht vergeben wird oder er selbst nicht vergibt. Was auch immer die christlichen Kirchen falsch gemacht haben, kann den eigentlichen Sinn des Christseins nicht auslöschen. Das Wesen der christlichen Botschaft ist Vergebung. Das ist eine lebensspendende Kraft in jeder Beziehung und ist die „Leiter“, die aus jedem Gully des Selbstmitleides herausführt.

Resignation, so sagt es Dr. Rosenbaum in der Erzählung, ist das Gefühl von Verlassenheit. Es ist die innere Situation, in der ich meinen Lebenswillen aufgegeben habe. Wer sich in dieser Situation befindet, braucht keine Ermahnung, sondern Ermutigung. Der Mensch, der resigniert hat, hat sich aufgegeben. Ihm fehlen die Antriebskräfte, die er brauchen würde, um aus der Resignation herauszukommen. Wer in dieser Situation einen guten Freund oder eine Freundin hat, dem oder der er sich anvertrauen kann, hat bereits den Schlüssel zu der Tür, die ihn aus der Resignation herausführt. Hier zeigt es sich am deutlichsten, dass wir Menschen aufeinander angewiesen sind. Wir brauchen einander. Die Vereinsamung in unserer Gesellschaft nimmt zu. Solange wir es noch können, sollten wir uns einen Freund suchen. Einen Freund finde ich am besten, indem ich selber zu einem Freund werde. Die Freundschaft hat die Qualität, in der ich üben kann, wie ich aus Beleidigtsein und Selbstmitleid herauskomme, damit ich in einer eventuellen Situation, in der ich resigniert habe, jemanden habe, dem ich mich anvertrauen kann.

Lösungsorientiert zu leben und mit anderen zu kooperieren, ist ein weiteres Thema in dieser Erzählung. Wenn man sich zu sehr im Problem einer Beziehung oder Situation verhakt, dann entdeckt man die Lösung nicht, die sich in jeder Situation verbirgt. Lösungsorientiert zu leben, ist eine Entscheidung. Sobald man sich dazu entschieden hat, erwachen kreative Kräfte, die in unterschiedlicher Stärke in jedem Menschen vorhanden sind. Manche haben mehr davon, manche weniger. Immer aber reichen diese Kräfte aus, um eine Lösung zu finden. Der innere Antrieb wächst mit der Entscheidung, aus jeder Sackgasse einen Weg zu finden, der aus der Sackgasse führt.

Kooperatives Leben, das ist ein starkes Thema in unserer Zeit. Es ist das Zusammenspiel von Menschen mit unterschiedlichen Begabungen. Wer denkt, er könne alles allein machen, ist im Irrtum. Wir brauchen einander, und wer das entdeckt hat, der öffnet sein Wissen für andere und erlebt dabei, dass auch andere ihr Wissen und Können teilen. Kein Arzt, kein Wissenschaftler, kein Ingenieur kommt zu einem guten Ergebnis, wenn er nicht mit anderen und deren Wissen kooperiert. Dadurch wird das Leben bunt und bekommt eine entlastende Seite, in der sich jeder entspannen kann.

Bin ich bei mir zu Hause ist ein weiteres Thema in diesem Buch. Das schließt die Antwort auf die Frage ein, wer bin ich? Es ist erstaunlich, wie schnell jemand mit dieser Frage überfordert ist. Die eigenen Fähigkeiten und Gaben zu entdecken und benennen zu können, ist eine wohltuende Erfahrung. Aus dieser Entdeckung entwickeln sich Kraft, Freude und Energie im Leben. Nur wer weiß, wer er ist und was er kann, kann mit anderen kooperieren. Es geht nicht darum, dass andere die gleichen Gaben und Fähigkeiten haben und man sich damit zum eigenen

Nachteil vergleicht. Es geht darum, in allem exzellent zu sein, und das bedeutet nicht, besser als andere zu sein. Nur in der vollkommenen Akzeptanz der eigenen Persönlichkeit liegt die Chance der Veränderung und die Fähigkeit, mit anderen zu kooperieren, in Gedanken und in der Tat.

Der Glaube an Gott ist immer wieder ein Thema in diesem Buch. Boris Cyrulnik, Atheist und Neuropsychiater, Resilienz- und Bindungsforscher schreibt in seinem Buch *Glauben:* „Der religiöse Glaube ist ein affektives, soziales, kulturelles und biologisches Anpassungsphänomen von enormem emotionalem und gesellschaftlichem Nutzen."[1] Das sind in jedem Fall die Auswirkungen des Glaubens. Die Kraft des Glaubens allerdings, die den gesellschaftlichen Beitrag leistet, ist eine persönliche Beziehung zu Gott, die von der vergebenden Liebe Gottes geprägt ist. Es ist bedauerlich, dass die christlichen Werte, die durch das Wirken Jesu ihren Weg in diese Welt gefunden haben, durch Kämpfe auf den Nebenschauplätzen des Glaubens, ausgetragen und verschleiert werden. Keiner muss sich schämen an Jesus zu glauben. Cyrulnik, der Atheist, verurteilt in seinem Buch den Glauben nicht. Er sieht in ihm eine Kraft, die sich im Menschen positiv auf die Gesellschaft auswirkt. Glaube kann nicht befohlen werden. Das Wesen des Glaubens ist die Offenheit, Liebe und Hingabe Gottes an den Menschen und seine Erwiderung. Christlicher Glaube ist zuerst Vergebung, Wertschätzung und die Fähigkeit, dem anderen mit Würde, die er selber in Gott für sich entdeckt hat, zu begegnen.

Du-Botschaften und Ich-Botschaften und ihre Anwendung bilden den Schluss in dieser Erzählung. Ein Thema, das in vielen Konflikten zur Lösung beiträgt, wenn man weiß, worum es geht. Du-Botschaften sind Schuldzuweisungen und fordern zum Gegenangriff heraus. Dieser Angriff kann ganz leise sein und sich in Schweigen oder emotionalem Rückzug ausdrücken. Damit ist ein lösungsorientiertes Gespräch vorbei. Naturgemäß führen solche Gespräche zu weiteren Du-Botschaften.

Darum ist es besser und hilft zur Lösung eines Konfliktes, wenn man aus der Du-Botschaft eine Ich-Botschaft macht. Die

[1] Boris Cyrulnik, *Glauben,* S. 53.

Formulierung von Ich-Botschaften ist für jeden zuerst eine große Herausforderung. Das liegt im Wesen des Konfliktes. Ich möchte dem anderen sagen und beweisen, was er falsch gemacht hat. Dabei verstricke ich mich in Rechtfertigungen und weiteren Schuldzuweisungen. In der Ich-Botschaft bleibe ich bei meiner eigenen Befindlichkeit. Ich formuliere, wie es mir in dem Konflikt geht und was das, was zum Konflikt geführt hat, mit mir macht. Im Buch finden sich ein paar Beispiele dazu.

Über den Autor

Jakobus Richter, Jahrgang 1946, lebte zwanzig Jahre als evangelischer Mönch. Danach war er achtzehn Jahre lang geistlicher Leiter einer christlichen Lebensgemeinschaft. Er ist durch Höhen und Tiefen des Lebens gegangen.

Eine Erkenntnis in seinem Leben war, das zu bewahren, was ihn glücklich macht. Das ist nicht Geld und Erfolg. Es ist die Beziehung zu Jesus und das Festhalten an Gottes Verheißungen. Das gibt ihm Kraft und ermutigt ihn, auch in unwegsamem Gelände des Lebens die Hoffnung nicht zu verlieren.

Mit 64 Jahren hat er seine Frau Annerose geheiratet und lebt heute glücklich mit ihr in Giengen an der Brenz. Neben dem Aufbau einer Internatsschule in Uganda für Aids-Waisenkinder, engagiert er sich mit seiner Frau aktiv in der Eheseelsorge.

Besuchen Sie ihn auf seiner Webseite: www.jakobusrichter.de

Weitere Literatur von Jakobus Richter

Der Elefant und das Trampolin

Wie die Seele das Hüpfen wieder lernt
104 S., Taschenbuch

Unsere Seele lässt sich mit einem Trampolin vergleichen, das verschiedenen Belastungen ausgesetzt ist. Diese kommen uns oft wie ein Elefant vor, der sich nicht so leicht vertreiben lässt.

Wie können wir nun verhindern, dass sich so ein „Elefant" auf unser „Psychoseelen-Trampolin" setzt, und was können wir tun, wenn dies bereits geschehen ist? Dazu liefert Jakobus Richter aus seiner langjährigen Seelsorgeerfahrung Antworten.

Er beschreibt unter anderem 14 „Nährstoffe für die Seele", die uns helfen, unsere Seele wieder zum „Hüpfen" zu bringen. Außerdem geht er auf die vier „Elefanten" ein, die unser Leben extrem „beschweren" können, und erklärt, wie wir diese wieder loswerden.

Am Ende ist es wie am Anfang. Nur anders!

Mein Weg vom glücklichen Mönch zum glücklichen Ehemann; 176 S., Paperback

Jakobus Richter erzählt seinen Weg vom kränklichen Nachkriegskind, das nie genug zu essen bekommen konnte, über seine Zeit als evangelischer Mönch in einer evangelischen Kommunität und später als Leiter einer christlichen Lebensgemeinschaft bis hin zu der selbst für ihn überraschenden Wendung, mit 64 Jahren noch zu heiraten.

Die Sehnsucht nach Gemeinschaft ist das große Thema, das sich in seiner Lebensgeschichte widerspiegelt. Diese Suche hat Jakobus Richter zu Gott gebracht, aber auch in ganz unterschiedliche Formen von Gemeinschaft, die zugleich Erfüllung und Herausforderung waren.

Dieser reiche Schatz von erfahrener und reflektierter Gemeinschaft hat ihn schließlich zu einem Menschen gemacht, der andere mit seinem Leben ermutigt, und so ist er heute ein gefragter Prediger, Seelsorger und Therapeut.

Vom Kopf zum Herz und wieder zurück

52 ermutigende Texte für gute und schlechte Tage

176 Seiten, Paperback

52 Wochen = ein ganzes Jahr der Ermutigung!

Ermutigung ist das große Thema unserer Zeit. Jakobus Richter ermutigt uns durch das Wort Gottes – ohne Moralpredigt oder erhobenen Zeigefinger.

Die Texte sprechen zunächst den Kopf an und werden dann unmittelbar zum Herzen befördert. Danach kehren sie zum Kopf zurück und ermutigen den Leser, eine Entscheidung zu treffen.

Auch im geistlichen Leben geht es nicht weiter, wenn wir nicht bereit sind, unseren Teil zu einem glücklichen Leben beizutragen.

In jeder der 52 Wochen können Sie einen Text nehmen und ihn in Kopf und Herz bewegen. Gönnen Sie sich diese Zeit! Dann können Sie mutige Herzensentscheidungen treffen, und der Kopf kann sagen: Ich versuche es!

Weitere Produkte von GloryWorld-Medien

„Himmlische Bücher für die Erde"

Phil Mason, Die Ergründung des Herzens

Eine Einführung in die Herzensrevolution; 240 S., Pb.

Band 1 der Reihe „Übernatürliche Transformation"

Willkommen zur Herzensrevolution! Phil Mason bringt uns mit diesem Buch wieder mit dem Herzen Gottes – und somit auch unserem eigenen Herzen – in Verbindung. Begegnen wir der verschwenderischen Liebe des Vaters, erweckt sie in unserem Herzen eine neue Begeisterung und Leidenschaft.

Jesu Modell der Herzensverwandlung stützt sich nicht auf irdische Weisheit und Methoden. Er möchte, dass wir durch eine Begegnung mit der Herrlichkeit und Macht Gottes verwandelt werden.

Phil Mason, Das Wunder der Neuen Schöpfung

Die Grundlage der Herzensrevolution; 264 S., Pb.

Band 2 der Reihe „Übernatürliche Transformation"

Was genau passiert bei der Wiedergeburt eines Christen? Welche Segnungen gehen damit einher? Wie kommen wir dahin, vom Geist bestimmt zu werden? Und wie geschieht es, dass wir ganz heil werden und immer mehr Christus widerspiegeln?

Phil Mason legt die umfassende Grundlage dafür, dass jeder Christ die Tatsachen und Prozesse versteht, die uns zu siegreichen Christus-Nachfolgern machen. Das ist Voraussetzung für die Revolution, die Gott in seiner Gemeinde gerade in Gang bringt.

Phil Mason, Die Reise des Herzens

Das Handbuch zur Herzensrevolution; 464 S., Pb.

Band 3 der Reihe „Übernatürliche Transformation"

Phil Mason untersucht den Zusammenhang zwischen dem in Band 2 behandelten „Wunder der Neuen Schöpfung" und unserem anhaltenden Bedürfnis nach Befreiung, innerer Heilung und der physischen Transformation unserer neuronalen Pfade, die durch die revolutionäre Wissenschaft der Neuroplastizität offenbart werden.

Das Kreuz ist das Tor zur Herrlichkeit der Neuen Schöpfung, muss aber bewusst ergriffen werden, wenn wir in die Fülle des Lebens eintreten wollen. Lernen Sie den Plan des Himmels für extreme Freiheit und den Empfang der Herrlichkeit des Himmels kennen!

Phil Mason, Die Herrlichkeit Gottes und übernatürliche Transformation

Die geistlichen Prozesse der Herzensrevolution

Band 4 der Reihe „Übernatürliche Transformation"; 560 S.

Die große Verheißung des Neuen Testaments ist die einer übernatürlichen Verwandlung.

Egal, wie sündig oder kaputt unsere Vergangenheit war, Gott hat versprochen, unser Herz vollkommen zu verwandeln und zu heilen.

Die Begegnung mit der Herrlichkeit Gottes ist der Schlüssel für die Verwandlung unserer Herzen. Unser Vater bringt viele Söhne und Töchter zur Herrlichkeit, damit sie dieser Welt seine Herrlichkeit vor Augen führen!

Dr. Larry Richards

Die volle Waffenrüstung Gottes

Gut geschützt gegen die Angriffe des Bösen; 208 Seiten, Pb.

Die Bibel macht deutlich, dass ein Großteil unserer Unsicherheiten, Ängste und Zweifel auf den Machenschaften böser Mächte beruhen. Deshalb ist es so entscheidend, dass wir sowohl die Strategien kennen, die Satan benutzt, um uns anzugreifen, als auch die Rüstung, die Gott uns zur Verfügung stellt, um uns dagegen zu schützen.

Eine biblische Dämonologie, Hilfen zum Umgang mit dem Bösen in der Seelsorge sowie Lektionen für „Lebe-frei-Selbsthilfegruppen" runden das Buch ab.

Frank Krause und Klaus Herrmann

Du sollst leben!

Ein aktueller Bericht über eine ganzheitliche Heilung

96 S., Paperback

Dies ist eine Geschichte, die das Leben geschrieben hat. Es ist eine sowohl göttliche als auch menschliche Geschichte, die uns etwas darüber zeigt, wie Gott heute heilt.

Der Autor Frank Krause erzählt anhand von Berichten, E-Mails und persönlichen Gesprächen mit dem Seelsorger Klaus Herrmann die Geschichte der Heilung von dessen Ehefrau Elfriede, die an einer unheilbaren Krebserkrankung im fortgeschrittenen Stadium litt.

Wir begleiten das Ehepaar Herrmann auf seinem Weg durch die Prozesse und Stationen, die sie durchlaufen mussten. Dabei schauen wir nicht nur die Seite der kranken Elfriede an, sondern auch die ihres Ehemanns Klaus. Wie haben die beiden eine solche Probe bestanden?

Der Bericht lässt uns tief in die Geschichte von Tragödie und Triumph blicken, die mit der „Heilung des Unheilbaren" einhergehen, aber ebenso auf die Entfaltung eines erstaunlichen Glaubens, der sich an Gottes Wort festgehalten hat.

Wayne Jacobsen / Dave Coleman

Der Schrei der Wildgänse

Aufbrechen zu einem freien Leben in Christus jenseits von Religion und Tradition; 220 Seiten, Paperback

Wie können wir heute als Einzelne und in Gemeinschaft in der Freiheit leben, zu der uns Christus befreit hat? Wie können wir religiöse Zwänge entlarven, die uns diese Freiheit immer wieder rauben wollen?

Die Autoren beantworten diese Fragen mitten aus dem Leben und zeigen auf, wie wir heute ganz praktisch mit Jesus leben und eine Freude und eine Freiheit erfahren können, von der wir bisher bestenfalls träumen konnten.

Wayne Jacobsen, Geliebt!

Tag für Tag in der Zuneigung des himmlischen Vaters leben

240 S., Paperback

Jeden Tag ein Leben zu führen, in dem wir völlig sicher sind, dass wir bedingungslos von Gott geliebt sind – ist das wirklich möglich, und wie sieht das konkret aus?

Wayne Jacobsen bringt uns Schritt für Schritt nahe, wie tief die Liebe Gottes zu uns tatsächlich ist. Wir entdecken dabei, dass wir nicht zu Sklaven, sondern zu Söhnen und Töchtern berufen sind. Die liebevolle Zuneigung unseres Vaters im Himmel gilt uns in allen Umständen. Wir erfahren eine lebendige Beziehung zu ihm, die uns von der Qual der Scham befreit und uns so verändert, dass wir als seine Kinder leben können.

Luc Niebergall, Eine zeitlose Reise

Wie ich den Himmel erkunden und meine Identität empfangen durfte; 144 S., Paperback

Ab dem Alter von 16 Jahren wurde Luc Niebergall eine unglaubliche „Reise" in die Herrlichkeit der Person Jesu zuteil. Durch prophetische Begegnungen durfte er den lebendigen Gott erfahren.

Nach acht Jahren Visionen, Träumen und himmlischen Begegnungen hatte er den Eindruck, Gott wolle, dass er einiges von dem, was er ihm gezeigt hatte, in Form von Geschichten in einem Buch niederschreibt.

Dieses Buch ist ein Aufruf an die Söhne und Töchter Gottes, ihr volles Erbe zu empfangen, das darin besteht, in einer ewigen, intimen Beziehung zu Gott selbst zu leben.

Begegnen wir der intimen Liebe Gottes, des Vaters, fällt die falsche Identität der Waisenschaft von uns ab. Wir werden zu siegreichen Söhnen und Töchtern, welche den Nationen Heilung und Wiederherstellung bringen.

Michael Stahl / Klaus Hettmer

Geheimsache Männerherz

Stahlhart, zerbrechlich & butterweich

208 Seiten, Paperback

Wie tickt ein Männerherz? Wer hat es erschaffen? Welche Sehnsüchte sind darin verborgen? Welche Verletzungen und Geheimnisse lagern dort seit langer Zeit?

Die Hauptautoren Michael Stahl und Klaus Hettmer wurden fast gleichzeitig von gesundheitlichen Niederschlägen getroffen. Michael Stahl erlitt wenige Monate vor der Arbeit an diesem Buch einen Herzinfarkt; Klaus Hettmer musste sich einige Wochen danach einer sehr schweren Herzoperation unterziehen. Zusammen mit weiteren bekannten Autoren berichten sie über ihre Erfahrungen, um andere Männerherzen zu berühren.

Michael Stahl / Klaus Hettmer

Deine Sehnsucht nach dem Paradies

192 Seiten, Paperback

Jeder Mensch sehnt sich nach wahrer Liebe, bedingungsloser Annahme und echtem Frieden. Ohne Gott sind wir jedoch der Herrschaft von Lüge, Gewalt und Hass hilflos ausgeliefert.

Gott aber hat von Ewigkeit her einen anderen Plan für uns. Er will uns das verlorene Paradies wieder zugänglich machen. In Jesus Christus hat er den Teufelskreis menschlicher Schuld und Sünde durchbrochen und alles dafür getan, um uns Zukunft und Leben zu geben.

Michael Stahl

Vater-Sehnsucht

120 Seiten, Paperback

Immer mehr Kinder wachsen in dieser Welt ohne Vater auf. Was wird aus diesen Kindern? Der Vater ist der erste Held im Leben eines Kindes. Dieser mächtigste Mensch der Welt kann Wunden schlagen und sie auch heilen.

Michael Stahl, lässt uns an der Entstehung und dem Heilungsprozess seiner eigenen Vaterwunden teilhaben. Und er berichtet, was er erlebt, wenn er in Schulen, Heime, Gefängnisse oder Firmen geht und dort Menschen hilft, sich miteinander zu versöhnen.

Das Buch ist eine Schatzgrube für alle auf der Suche nach Wurzeln, Identität und Wahrheit. **Das Buch ist auch als Hörbuch sowie in Englisch und Russisch erhältlich.**

Bill Johnson / Randy Clark, Berufen zu heilen I

Grundlagen und Praxis des Gebets für Kranke, 240 S., Pb.

Jeder Christ kann von Gott gebraucht werden, um anderen Heilung zukommen zu lassen. Das ist das Anliegen der beiden Autoren. Dazu berichten Sie, wie Gott sie in den Heilungsdienst hineinführte, und legen anschließend klare biblische Grundlagen für das Heilungsgebet. Im umfangreichsten Teil gehen sie auf verschiedene Aspekte ein, die für eine Heilung förderlich sind, erläutern, wie seelische und körperliche Krankheiten zusammenhängen und stellen dann ein in der Praxis bewährtes Modell für das Gebet um Heilung vor, das für alle Christen leicht anwendbar ist.

James Goll

Geistlich wahrnehmen und unterscheiden

Wie wir Offenbarungen empfangen, prüfen und anwenden können; 216 S.

James Goll erklärt, dass jeder Nachfolger Jesu geistliche Offenbarungen empfangen und prüfen kann, auch wenn einige als Propheten besonders begabt sind. Er legt präzise dar, wie wir unsere Sinne dem Heiligen Geist hingeben können, damit wir geistlich wahrnehmen können.

Und er erläutert, wie wir Offenbarungen prüfen, anwenden und letztlich verinnerlichen können, damit die Menschen sie nicht nur hören, sondern in uns sehen.

Für das vertiefte Studium ist ein Arbeitsbuch erhältlich.

James Goll

Die Gaben des Heiligen Geistes freisetzen

216 S., Paperback

Der Heilige Geist demonstriert Gottes übernatürliche Kraft durch seine Gemeinde heute, indem seine Herrlichkeit auf globaler Ebene freigesetzt wird. Alle Gaben Gottes sind immer noch voll funktionsfähig, und jeder einzelne Gläubige ist dazu bestimmt, im Fluss Gottes zu leben und seine Bestimmung zu erfüllen.

James Goll zeigt auf, wie der Heilige Geist durch die neun bekanntesten Geistesgaben wirkt und wie wir sie unter Gottes Leitung für die Erfüllung des Missionsbefehls einsetzen können.

Anhand vieler anschaulicher Beispiele aus der Bibel und aus der Gegenwart lernen wir, wie geistliche Gaben in der Praxis funktionieren. Aber es geht in diesem Buch nicht nur darum, wie man seine geistlichen Gaben entdeckt oder empfängt, sondern wie man sie freisetzt und weitergibt!

Für das vertiefte Studium ist ein Arbeitsbuch erhältlich.

Jim Gettmann, Der Ruf des Schofars

Das ursprüngliche, hebräisch geprägte Christsein wiederentdecken, 340 Seiten, Paperback

Vergleichbar mit einem Schofarstoß ruft der Heilige Geist seine Gemeinde heute auf, zu den Grundlagen des Lebens in Gott zurückzukehren, die er uns ursprünglich gegeben hat. Was sind diese Grundlagen? Was erwartet Gott von uns? Zu welchen Wurzeln kehren wir zurück?

Das Buch lässt uns entdecken, was Gott von Anbeginn mit den Menschen und dem Gesetz vorhatte und weshalb ein neuer Bund erforderlich war. Nur wenn wir den Sinn und die Funktion des Alten Bundes verstehen, werden wir auch den Neuen Bund richtig verstehen können.

Asher Intrater, Israel

Was sagt die Bibel wirklich über das Land?; 72 S.; Pb.

Die Frage, wem das das Heilige Land bzw. das Land Israel gehört, wird in der heutigen Zeit sowohl innerhalb als auch außerhalb der Christenheit sehr kontrovers diskutiert. Die wenigsten kennen die gesamte biblische Sicht.

Um hier Klarheit zu schaffen, zeigt uns Asher Intrater ausgehend vom Bund Gottes mit Abraham die Entwicklung der israelischen Nation und die Rolle des Heiligen Landes in den letzten vier Jahrtausenden bis zur Wiederkunft Christi auf.

Schließlich erläutert die schwierige politische Situation heute und gibt Anregungen, wie wir Israel praktisch und im Gebet unterstützen können.

Daniel Gröber

Hunger … beginnt mit einer Sehnsucht

Wie wir Körper und Seele ins Gleichgewicht bringen;
Vorwort von Michael Stahl

128 S., Großformat-Paperback, vollfarbig

Warum essen wir zu viel, wenn unsere Seele hungert? Wie kommen wir davon los und zu einem gesunden Lebensstil?

Mit klaren Worten, aber auch viel Herz geht Daniel Gröber nicht nur dem Hunger in seiner tieferen Bedeutung auf den Grund, sondern zeigt uns auch den Weg aus der seelischen Wüste – und darüber hinaus, wie wir die Pfunde auf den Rippen wieder loswerden können.

Dieses Buch ist wahrlich kein „Fastfood“. Es spornt dazu an, sich mit dem Inhalt und vor allem mit sich selbst auseinanderzusetzen. Und am Ende will es auch getan werden!

Henk Bruggeman

Das Herz des Vaters entdecken

Unsere Identität als Söhne und Töchter Gottes empfangen; 208 Seiten, Pb.

Gott sehnt sich mehr denn je danach, seinen Kindern sein Vaterherz zu offenbaren. Er möchte, dass wir ihn nicht nur mit dem Kopf, sondern vor allem mit dem Herzen kennenlernen.

Statt einer Distanziertheit soll eine innige Vertrautheit unsere Beziehung zu ihm prägen. Darüber hinaus möchte er uns aber eine neue Identität schenken: die Identität der Sohnschaft. Wir entdecken mehr und mehr, wie wir als echte Söhne und Töchter Gottes leben können.

Michele Perry, Liebe hat ein Gesicht

Abenteuer mit Jesus im Krisengebiet des Sudan – auf einem Bein!; Vorwort von Heidi Baker; 220 S., Paperback

Ohne linke Hüfte und linkes Bein geboren, ist es für Michele Perry „normal", das Unmögliche zu erleben. Als Gott ihr den Auftrag gab, in den vom Krieg verwüsteten südlichen Sudan zu gehen und dort ein Waisenhaus zu eröffnen, hielten sie alle für verrückt. Aber sie erlebte Gottes Treue wie nie zuvor: Er führte sie in einen entspannten Lebensstil des Geliebtseins hinein, in dem alles möglich wird und Wunder zum Alltag gehören, ob es um seelische oder körperliche Krankheiten, mangelnde Ressourcen, Bedrohungen durch Kriminelle oder ihre eigenen Unzulänglichkeiten geht.

Das Maria-Experiment

Die Kunst, Zeit zu haben, 112 Seiten, Pb.

Zeit ist etwas sehr Kostbares und ein Geschenk, über das wir frei verfügen können. Und doch haben viele von uns das Gefühl, dass Zeitmangel und Zeitdruck lästige Dauermieter in ihrem Leben geworden sind. Unser Terminkalender ist zwar voll, aber wir sind keineswegs erfüllt! Ein kleiner, jedoch wichtiger Unterschied.

Ausgehend von diesen Gedanken nimmt uns der Autor auf eine Entdeckungsreise mit, auf der er dem Phänomen des erlebten Zeitmangels auf den Grund geht. Maria, die Schwester von Martha, ließ damals alles stehen und liegen, um Jesus zuzuhören. Sie startete – ohne es zu wollen und zu wissen – ein Experiment für uns, die Menschen des 21. Jahrhunderts.

Das „Maria-Experiment" lässt uns unsere Sicht vom Leben gründlich überdenken und es aus der Hand Gottes neu empfangen. Es ermutigt uns, konkrete Schritte zu gehen, damit unser Leben nicht voll, sondern erfüllt wird.

Barry & Lori Byrne, Liebe in der Ehe

Eine tiefere geistliche, emotionale und körperliche Einheit erleben; Vorwort von Bill Johnson; 334 S., Klappenbroschur

Gott möchte, dass die Ehe ein Ort echter Liebe und Vertrautheit ist. Dafür brauchen wir die Hilfe des Heiligen Geistes. Mit ihm können wir die Ursachen unserer Konflikte erkennen und überwinden. Unsere Ehe kann Heilung und Wiederherstellung erfahren, egal, wie der momentane Zustand ist.

Mit klarer biblischer Lehre und vielen praktischen Hilfen packen die Autoren die wichtigsten heißen Eisen an. Viele ermutigende Erfahrungsberichte verdeutlichen die dramatische Heilung und Intimität, die mit Gottes Hilfe möglich ist.

Danny Silk, Erziehung mit Liebe und Vision

Herzensbeziehungen eingehen statt Machtkämpfe austragen

Vorwort von Bill Johnson; 170 S., Pb.

Danny Silk fordert uns in unserem bisherigen Denken über Liebe, Disziplin und Respekt, ja in unserer generellen Vorstellung von Kindererziehung heraus. Er stellt eine Denk- und Lebensweise vor, die eine Leichtigkeit und Frieden in unsere familiären und sonstigen Beziehungen bringt.

Unser Herz spielt dabei die zentrale Rolle. Das Herz der Eltern und das Herz der Kinder. Wenn beide Seiten verstehen, wie sich ihr jeweiliges Verhalten auf das Herz des anderen auswirkt, werden die Herzen geschützt und Beziehungen können gedeihen.

Dutch Sheets

Dein Herz soll wieder schlagen

Wie Gott neue Hoffnung in unser Leben haucht

160 Seiten, gebunden

Unerfüllte Hoffnungen und Wünsche können unser Herz emotional oder geistlich genauso krank machen wie physische Herzkrankheiten. Ja, sie haben die Macht, unsere emotionalen Herzen auszuschalten und unsere Fähigkeit, die Zukunft im Glauben und voller Zuversicht anzugehen, zu zerstören. Dutch Sheets erläutert, wie wir davon geheilt werden können.

Bestellen Sie im Buchhandel oder direkt beim Verlag:

GloryWorld-Medien | Beit-Sahour-Str. 4 | D-46509 Xanten
Fon: 02801-9854003 | Fax: 02801-9854004 | info@gloryworld.de

Aktuelles, Leseproben, Downloads & Shop: **www.gloryworld.de**